516

JAN 0 9 2006

El Curioso Incidente del Perro a Medianoche

Mark Haddon

El Curioso Incidente del Perro a Medianoche

Título original: *The curious incident of the dog in the night-time*

Traducción: Patricia Antón

Ilustración de la cubierta: © www.hen.uk.com
Reproducida por acuerdo con Random House Children's Books,
parte de Random House Group Ltd.

Copyright © Mark Haddon, 2003
Copyright © Ediciones Salamandra, 2004

Publicaciones y Ediciones Salamandra, S.A.
Mallorca, 237 - 08008 Barcelona - Tel. 93 215 11 99
www.salamandra.info

ISBN: 84-7888-910-8
Depósito legal: B-41.209-2004

1ª edición, septiembre de 2004
2ª edición, septiembre de 2004
Printed in Spain

Impresión: Romanyà-Valls, Pl. Verdaguer, 1
Capellades, Barcelona

Este libro está dedicado a Sos.

Doy las gracias a Kathryn Heyman,
Clare Alexander, Kate Shaw y Dave Cohen.

2

Pasaban 7 minutos de la medianoche. El perro estaba tumbado en la hierba, en medio del jardín de la casa de la señora Shears. Tenía los ojos cerrados. Parecía estar corriendo echado, como corren los perros cuando, en sueños, creen que persiguen un gato. Pero el perro no estaba corriendo o dormido. El perro estaba muerto. De su cuerpo sobresalía un horcón. Las púas del horcón debían de haber atravesado al perro y haberse clavado en el suelo, porque no se había caído. Decidí que probablemente habían matado al perro con la horca porque no veía otras heridas en el perro, y no creo que a nadie se le ocurra clavarle una horca a un perro después de que haya muerto por alguna otra causa, como por ejemplo de cáncer o un accidente de tráfico. Pero no podía estar seguro de que fuera así.

Abrí la verja de la señora Shears, entré y la cerré detrás de mí. Crucé el jardín y me arrodillé junto al perro. Le toqué el hocico con una mano. Aún estaba caliente.

El perro se llamaba *Wellington*. Pertenecía a la señora Shears, que era amiga nuestra. Vivía en la acera de enfrente, dos casas hacia la izquierda.

Wellington era un caniche. No uno de esos caniches pequeños a los que les hacen peinados, sino un caniche grande. Tenía el pelo negro y rizado, pero cuando uno se acercaba veía que la piel era de un amarillo muy pálido, como la de los pollos.

Acaricié a *Wellington* y me pregunté quién lo habría matado y por qué.

3

Me llamo Christopher John Francis Boone. Me sé todos los países del mundo y sus capitales y todos los números primos hasta el 7.507.

Hace ocho años, cuando conocí a Siobhan, me enseñó este dibujo

y supe que significaba «triste», que es como me sentí cuando encontré al perro muerto.

Luego me enseñó este dibujo

y supe que significaba «contento», como estoy cuando leo sobre las misiones espaciales Apolo, o cuando aún estoy despierto a las tres o las cuatro de la madrugada y recorro la calle de arriba abajo y me imagino que soy la única persona en el mundo entero.

Después hizo otros dibujos

pero no supe decir qué significaban.

Pedí a Siobhan que me dibujara más caras de ésas y escribiera junto a ellas qué significaban exactamente. Me guardé la hoja en el bolsillo y la sacaba cuando no entendía lo que alguien me estaba diciendo. Pero era muy difícil decidir cuál de los diagramas se parecía más a la cara que veía, porque las caras de la gente se mueven muy deprisa.

Cuando le conté a Siobhan lo que hacía, sacó un lápiz y otra hoja y dijo que probablemente eso hacía que la gente se sintiera muy

y entonces se rió. Así que rompí mi hoja y la tiré. Y Siobhan me pidió disculpas. Ahora cuando no sé qué me está diciendo alguien le pregunto qué quiere decir o me marcho.

5

Arranqué la horca del perro y lo tomé en brazos. Le salía sangre de los agujeros de la horca.

Me gustan los perros. Uno siempre sabe qué está pensando un perro. Tiene cuatro estados de ánimo. Contento, triste, enfadado y concentrado. Además, los perros son fieles y no dicen mentiras porque no hablan.

Llevaba 4 minutos abrazado al perro cuando oí gritos. Levanté la mirada y vi a la señora Shears correr hacia mí desde el patio. Iba en pijama y bata. Tenía las uñas de los pies pintadas de rosa brillante y no llevaba zapatos.

Gritaba:

—¿Qué coño le has hecho a mi perro?

No me gusta que la gente me grite. Me da miedo que vayan a pegarme o a tocarme y no sé qué va a pasar.

—Suelta al perro —me gritó—. Joder, suelta al perro, por el amor de Dios.

Dejé al perro sobre la hierba y retrocedí 2 metros.

La mujer se agachó. Pensé que iba a recoger al perro, pero no lo hizo. Quizá advirtió cuánta sangre había y no quiso ensuciarse. En lugar de eso empezó a gritar otra vez.

Me tapé las orejas con las manos y cerré los ojos y rodé hasta quedar encogido y con la frente pegada a la hierba. La hierba estaba mojada y fría. Era agradable.

7

Ésta es una novela policíaca.

Siobhan dijo que debería escribir algo que a mí mismo me apeteciera leer. En general leo libros de ciencias y matemáticas. No me gustan las novelas propiamente dichas. En las novelas propiamente dichas la gente dice cosas como «Estoy veteado de hierro, de plata y del barro más burdo. No puedo contraerme en ese puño firme que aprietan aquellos que no dependen de estímulos».[1] ¿Qué significa eso? Yo no lo sé. Padre tampoco. Siobhan y el señor Jeavons tampoco. Se lo he preguntado.

Siobhan tiene el pelo largo y rubio y lleva unas gafas de plástico verde. Y el señor Jeavons huele a jabón y lleva unos zapatos marrones con aproximadamente 60 agujeritos circulares en cada uno de ellos.

Pero sí me gustan las novelas policíacas. Así que estoy escribiendo una.

En una novela policíaca alguien tiene que descubrir quién es el asesino y luego atraparlo. Es un acertijo. Si el acertijo es bueno a veces puedes deducir la solución antes de que el libro acabe.

---

1. Encontré este libro en la biblioteca municipal una vez que Madre me llevó.

Siobhan dijo que el libro debería empezar con algo que atraiga la atención de la gente. Por eso empecé con el perro. También empecé con el perro porque fue algo que me ocurrió a mí y se me hace difícil imaginar cosas que no me hayan ocurrido a mí.

Siobhan leyó la primera página y dijo que era diferente. Puso esa palabra entre comillas con el gesto de los dedos índice y medio. Dijo que en las novelas policíacas normalmente asesinan a personas. Dije que en *El perro de los Baskerville* matan a dos perros, el perro del título y el spaniel de James Mortimer, pero Siobhan dijo que no eran las víctimas del asesinato, que la víctima era sir Charles Baskerville. Dijo que era así porque a los lectores les importa más la gente que los perros, así que si en el libro matan a una persona los lectores querrán seguir leyendo.

Le dije que yo quería escribir sobre algo real y que conocía a gente que había muerto de muerte natural pero no conocía a nadie que hubiera muerto de forma violenta, excepto al padre de Edward, del colegio, el señor Paulson, y que eso había sido un accidente de planeador, no un crimen, y que en realidad no lo conocía. También dije que me gustan los perros porque son leales y honestos, y algunos perros son más listos y más interesantes que algunas personas. Steve, por ejemplo, que viene al colegio los martes, necesita ayuda para comer y ni siquiera es capaz de traerte un palo si se lo lanzas. Siobhan me pidió que no le dijera eso a la madre de Steve.

11

Entonces llegó la policía. A mí me gustan los policías. Llevan uniformes y números y uno sabe lo que se supone que tienen que hacer. Había una policía y un policía. La mujer policía tenía un pequeño agujero en las medias a la altura del tobillo izquierdo y un arañazo rojo en medio del agujero. El policía llevaba pegada a la suela del zapato una gran hoja naranja, que le sobresalía por un lado.

La mujer policía rodeó con los brazos a la señora Shears y la llevó de vuelta a la casa.

Levanté la cabeza de la hierba.

El policía se agachó junto a mí y dijo:

—¿Quieres contarme qué está pasando aquí, jovencito?

Me senté y dije:

—El perro está muerto.

—De eso ya me he dado cuenta —dijo él.

—Creo que alguien ha matado al perro —dije.

—¿Cuántos años tienes? —preguntó el policía.

—Tengo 15 años, 3 meses y 2 días —dije.

—¿Y qué hacías exactamente en el jardín? —preguntó.

—Tenía al perro en brazos —dije.

—¿Y por qué tenías al perro en brazos? —preguntó.

Una pregunta difícil. Era algo que yo quería hacer. Me gustan los perros. Me ponía triste ver que el perro estaba muerto.

Como me gustan los policías quería responder adecuadamente a la pregunta, pero el policía no me dio el tiempo suficiente para dar con la respuesta correcta.

—¿Por qué tenías al perro en brazos? —preguntó otra vez.

—Me gustan los perros —dije.

—¿Has matado al perro? —preguntó.

—Yo no he matado al perro —dije.

—¿La horca es tuya? —preguntó.

—No —dije.

—Parece que esto te ha alterado mucho —dijo.

Me estaba haciendo demasiadas preguntas y me las estaba haciendo demasiado rápido. Se me amontonaban como los panes en la fábrica donde trabaja el tío Terry. La fábrica es una panificadora y él maneja la máquina de rebanar. A veces la máquina no va lo bastante rápido pero el pan sigue llegando hasta causar un bloqueo. A veces me imagino mi mente como si fuera una máquina, aunque no siempre como una rebanadora de pan. Hace que me sea más fácil explicarles a los demás lo que pasa en mi interior.

El policía dijo:

—Voy a preguntarte una vez más…

Volví a rodar sobre la hierba y pegué la frente al suelo otra vez e hice ese ruido que Padre llama gemido. Hago ese ruido cuando llega demasiada información a mi cabeza desde el mundo exterior. Es como cuando estás alterado y sujetas la radio contra la oreja y la sintonizas entre emisoras y lo único que se oye es eso que llaman ruido blanco, y entonces subes el volumen al máximo y sabes que estás a salvo porque no puedes oír nada más.

El policía me agarró del brazo y me hizo ponerme en pie.

No me gustó que me tocara de esa forma.

Y entonces le pegué.

13

Éste no va a ser un libro gracioso. Yo no sé contar chistes ni hacer juegos de palabras, porque no los entiendo. He aquí uno, a modo de ejemplo. Es uno de los de Padre.

El capitán dijo: «¡Arriba las velas!», y los de abajo se quedaron sin luz.

Sé por qué se supone que es gracioso. Lo pregunté. Es porque aquí la palabra velas tiene dos significados, que son: **1)** pieza de tela que tienen los barcos, y **2)** cilindro de cera que se emplea para alumbrar.

Si trato de decir esta frase haciendo que la palabra signifique dos cosas distintas a la vez, es como si escuchara dos piezas distintas de música al mismo tiempo, lo cual es incómodo y confuso, no agradable como el ruido blanco. Es como si dos personas te hablaran a la vez sobre cosas distintas.

Y por eso en este libro no hay chistes ni juegos de palabras.

17

El policía me miró durante un rato sin hablar. Luego dijo:

—Voy a arrestarte por agredir a un agente de policía.

Eso me hizo sentir muchísimo más tranquilo porque es lo que los policías dicen en la televisión y en las películas.

Entonces dijo:

—Te recomiendo que te metas en el asiento de atrás del coche patrulla, porque si tratas de hacer alguna travesura más, tontaina, me voy a cabrear de verdad. ¿Entendido?

Fui hasta el coche patrulla que estaba aparcado justo al otro lado de la verja. El policía abrió la puerta de atrás y me metí dentro. Se sentó al volante e hizo una llamada por radio a la mujer policía que aún estaba dentro de la casa. Dijo:

—El cabroncete acaba de darme un coscorrón, Kate. ¿Puedes quedarte un rato con la señora mientras lo dejo en comisaría? Haré que Tony se descuelgue por aquí y te recoja.

Y ella dijo:

—Claro. Luego te pesco.

El policía dijo:

—Vale pues. —Y nos fuimos.

El coche patrulla olía a plástico caliente y loción para después del afeitado y patatas fritas.

Miré el cielo mientras íbamos hacia el centro de la ciudad. Era una noche clara y se veía la Vía Láctea.

Hay gente que cree que la Vía Láctea es una larga línea de estrellas, pero no lo es. Nuestra galaxia es un disco gigantesco de estrellas de millones de años luz de diámetro y el sistema solar está cerca del borde exterior del disco.

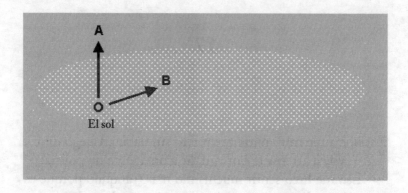

El sol

Cuando miramos en dirección A, a 90º hacia el disco, no vemos muchas estrellas. Pero al mirar en la dirección B vemos muchas más estrellas porque miramos hacia la masa central de la galaxia. Y como la galaxia es un disco, lo que vemos es una franja de estrellas.

Entonces pensé en que durante mucho tiempo a los científicos los había desconcertado que el cielo sea oscuro por las noches pese a haber billones de estrellas en el universo, pues hay estrellas en todas las direcciones en que uno mire, así que el cielo debería estar lleno de luz estelar porque hay muy poca cosa que impida que la luz llegue a la Tierra.

Entonces descubrieron que el universo está en expansión, que las estrellas se alejan rápidamente unas de otras desde el Big Bang, y que cuanto más lejos están las estrellas de nosotros más rápido se mueven, algunas de ellas casi a la velocidad de la luz, y eso explica por qué su luz nunca nos llega.

Me gusta este dato. Es algo que podemos comprender al mirar el cielo por la noche, pensando, sin tener que preguntárselo a nadie.

Cuando el universo haya acabado de explotar, las estrellas disminuirán su velocidad, como una pelota lanzada al aire, hasta detenerse y volver a caer hacia el centro del universo. Entonces nada nos impedirá ver todas las estrellas del mundo porque todas vendrán hacia nosotros, cada vez más rápido, y sabremos que pronto llegará el fin del mundo porque al alzar la mirada hacia el cielo por las noches no habrá oscuridad, sino la luz resplandeciente de billones de estrellas que se acercan.

Sólo que nadie verá eso porque ya no quedarán personas en la Tierra para verlo. Para entonces seguramente ya se habrán extinguido. Y en el caso de que queden algunas no lo verán, porque la luz será tan brillante y ardiente que todas morirán abrasadas, aunque vivan en túneles.

19

Para marcar los capítulos de los libros se suelen usar los números cardinales 1, 2, 3, 4, 5, 6 etcétera. Pero he decidido usar en mis capítulos los números primos 2, 3, 5, 7, 11, 13 etcétera porque me gustan los números primos.

Así es como se obtienen los números primos.

Primero escribes todos los números enteros positivos del mundo.

1	2	3	4	5	6	7	8	9	10
11	12	13	14	15	16	17	18	19	20
21	22	23	24	25	26	27	28	29	30
31	32	33	34	35	36	37	38	39	40
41	42	43	44	45	46	47	48	49	etc.

Entonces quitas todos los números que son múltiplos de 2. Después los números múltiplos de 3. Después los números múltiplos de 4 y 5 y 6 y 7 y así sucesivamente. Los números que quedan son los números primos.

	2	3		5		7			
11		13				17		19	
		23						29	
31						37			
41		43				47			etc.

La regla para calcular números primos es muy sencilla, pero nadie ha dado con una fórmula para saber si un número muy grande es primo y cuál será el siguiente. Si un número es muy, muy grande, a una computadora puede llevarle años calcular si es un número primo.

Los números primos son útiles para crear códigos y en Estados Unidos los consideran Material Militar y si descubres uno de más de 100 dígitos tienes que decírselo a la CIA y te lo compran por 10.000 dólares. Pero no sería una forma demasiado buena de ganarse la vida.

Los números primos son lo que queda después de eliminar todas las pautas. Yo creo que los números primos son como la vida. Son muy lógicos pero no hay manera de averiguar cómo funcionan, ni siquiera aunque pasaras todo el tiempo pensando en ellos.

23

Cuando llegué a la comisaría me hicieron quitarme los cordones de los zapatos y vaciarme los bolsillos en el mostrador de recepción por si tenía algo en ellos con lo que pudiera matarme o escapar o atacar a un policía.

El sargento al otro lado del mostrador tenía las manos muy velludas y se había mordido tanto las uñas que le habían sangrado.

He aquí lo que yo llevaba en los bolsillos

1. Una navaja del Ejército Suizo con 13 accesorios, entre ellos unos alicates, una sierra, un mondadientes y unas pinzas.
2. Un pedazo de cordel.
3. Una pieza de un rompecabezas de madera que era así

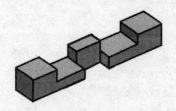

4. 3 bolitas de comida de rata para *Toby*, mi rata.

5. 1,47 libras (compuestas por una moneda de 1 libra, una moneda de 20 peniques, dos monedas de 10 peniques, una moneda de 5 peniques y una moneda de 2 peniques).
6. Un clip sujetapapeles rojo.
7. Una llave de la puerta de casa.

También llevaba mi reloj y quisieron que lo dejara en el mostrador pero les dije que necesitaba llevar puesto el reloj porque necesitaba saber exactamente qué hora era. Cuando trataron de quitármelo me puse a gritar, así que dejaron que me lo quedara.

Me preguntaron si tenía familia. Dije que sí. Me preguntaron cuál era mi familia. Dije que Padre, que Madre estaba muerta. Y dije que también estaba tío Terry, pero que vivía en Sunderland y que era el hermano de Padre, y que estaban también mis abuelos, pero tres de ellos habían muerto y la abuela Burton vivía en una residencia porque tenía demencia senil y decía que yo salía en la televisión.

Entonces me preguntaron el número de teléfono de Padre.

Les dije que tenía dos números, uno de casa y otro que era un teléfono móvil, y les di ambos.

Me sentí bien en la celda policial. Era un cubo casi perfecto, de 2 metros de largo por 2 metros de ancho por 2 metros de alto. Contenía aproximadamente 8 metros cúbicos de aire. Tenía una pequeña ventana con barrotes y, en el lado opuesto, una puerta metálica con una trampilla larga y estrecha cerca del suelo para deslizar bandejas de comida al interior de la celda y otra trampilla más arriba para que los policías pudiesen mirar y comprobar que los prisioneros no se hubiesen fugado o suicidado. También había un banco acolchado.

Me pregunté cómo me escaparía si fuera una novela. Sería difícil porque las únicas cosas que tenía eran la ropa y los zapatos, que no tenían cordones.

Decidí que el mejor plan sería esperar a que hiciese un día de mucho sol y entonces utilizaría mis gafas para proyectar la luz solar en una de mis prendas de ropa y prender un fuego. Entonces me fugaría cuando vieran el humo y me sacaran de la celda. Y si no se dieran cuenta siempre podría hacer pipí en el fuego y apagarlo.

Me pregunté si la señora Shears le habría dicho a la policía que yo había matado a *Wellington* y si, cuando la policía descubriera que había mentido, la meterían a ella en la cárcel. Porque contar mentiras sobre la gente se llama calumniar.

29

La gente me provoca confusión.

Eso me pasa por dos razones principales.

La primera razón principal es que la gente habla mucho sin utilizar ninguna palabra. Siobhan dice que si uno arquea una ceja puede querer decir montones de cosas distintas. Puede significar «quiero tener relaciones sexuales contigo» y también puede querer decir «creo que lo que acabas de decir es una estupidez».

Siobhan también dice que si cierras la boca y expeles aire con fuerza por la nariz puede significar que estás relajado, o que estás aburrido, o que estás enfadado, y todo depende de cuánto aire te salga por la nariz y con qué rapidez y de qué forma tenga tu boca cuando lo hagas y de cómo estés sentado y de lo que hayas dicho justo antes y de cientos de otras cosas que son demasiado complicadas para entenderlas en sólo unos segundos.

La segunda razón principal es que la gente con frecuencia utiliza metáforas. He aquí ejemplos de metáforas

Se murió de risa
Era la niña de sus ojos
Tenían un cadáver en el armario
Pasamos un día de mil demonios
Tiene la cabeza llena de pájaros

La palabra metáfora significa llevar algo de un sitio a otro, y viene de las palabras griegas μετα (que significa *de un sitio a otro*) y φερειν (que significa *llevar*), y es cuando uno describe algo usando una palabra que no es literalmente lo que describe. Es decir, que la palabra metáfora es una metáfora.

Yo creo que debería llamarse mentira porque no hay días de mil demonios y la gente no tiene cadáveres en los armarios. Cuando trato de formarme una imagen en mi cabeza de una de estas frases me siento perdido porque una niña en los ojos de alguien no tiene nada que ver con que algo le guste mucho y te olvidas de lo que la persona decía.

Mi nombre es una metáfora. Significa *que lleva a Cristo* y viene de las palabras griegas χριστος (que significa *Jesucristo*) y φερειν, y fue el nombre que le pusieron a san Cristóbal porque cruzó un río llevando a Jesucristo.

Eso te hace pensar en cómo se llamaría Cristóbal antes de cruzar el río con Jesucristo a cuestas. Pero no se llamaba de ninguna manera porque ésa es una historia apócrifa, lo cual significa que es, también, una mentira.

Madre solía decir que Chistopher era un nombre bonito, porque es una historia sobre ser amable y servicial, pero yo no quiero que mi nombre se refiera a una historia sobre ser amable y servicial. Yo quiero que mi nombre se refiera a mí.

31

Era la 1.12 de la madrugada cuando Padre llegó a la comisaría. Yo no lo vi hasta la 1.28 pero supe que había llegado porque lo oí.

Gritaba: «Quiero ver a mi hijo» y «¿Por qué demonios lo han encerrado?» y «Por supuesto que estoy enfadado, no te jode».

Entonces oí que un policía le decía que se calmara. Entonces no oí nada durante un buen rato.

A la 1.28 un policía abrió la puerta de la celda y me dijo que tenía visita.

Salí. Padre estaba de pie en el pasillo. Levantó la mano derecha y abrió los dedos formando un abanico. Yo levanté la mano izquierda y abrí los dedos formando un abanico e hicimos que nuestros dedos se tocaran. Hacemos eso porque a veces Padre quiere abrazarme, pero como a mí no me gustan los abrazos, hacemos eso en su lugar, y así me dice que me quiere.

Entonces el policía nos dijo que lo siguiéramos por el pasillo hasta otra habitación. En la habitación había una mesa y tres sillas. Nos dijo que nos sentáramos a un lado de la mesa y él se sentó al otro lado. Había una grabadora sobre la mesa y le pregunté si iba a interrogarme y a grabar el interrogatorio.

Dijo:

—No creo que eso sea necesario.

Era un inspector. Lo supe porque no llevaba uniforme. Tenía muchos pelos en la nariz. Parecía que hubiese dos ratones muy pequeños ocultos en sus fosas nasales.[2]

—He hablado con tu padre y dice que no era tu intención pegarle al agente.

Yo no dije nada porque eso no era una pregunta.

—¿Era tu intención pegarle al agente?

Dije:

—Sí.

Hizo una mueca y dijo:

—Pero no pretendías hacerle daño al agente, ¿no?

Pensé sobre eso y dije:

—No. No pretendía hacerle daño al agente. Sólo quería que dejara de tocarme.

Entonces me dijo:

—Sabes que no está bien pegarle a un policía, ¿verdad?

—Sí, lo sé —dije.

Se quedó callado unos segundos y luego preguntó:

—¿Mataste tú al perro, Christopher?

Yo dije:

—Yo no maté al perro.

Y él dijo:

—¿Sabes que no está bien mentirle a un policía y que puedes meterte en un buen lío si lo haces?

—Sí —dije.

—Bien —dijo él—, ¿sabes quién mató al perro?

—No —dije.

—¿Estás diciendo la verdad? —preguntó.

---

2. Esto no es una *metáfora*, es un *símil*, que significa que en efecto parecía que hubiese dos ratones muy pequeños ocultos en sus fosas nasales, y si uno se forma la imagen en la cabeza de un hombre con dos ratones muy pequeños ocultos en las fosas nasales sabrá qué aspecto tenía el inspector de policía. Y un símil no es una mentira, a menos que sea un símil malo.

—Sí —dije—. Yo siempre digo la verdad.

Y él dijo:

—De acuerdo. Voy a darte una amonestación.

—¿Será una hoja escrita, como un certificado que me pueda llevar? —pregunté.

—No —dijo él—, una amonestación significa que vamos a tomar nota de lo que has hecho, que golpeaste a un policía pero fue un accidente y no pretendías hacerle daño al agente.

Yo dije:

—Pero no fue un accidente.

Y Padre dijo:

—Christopher, por favor.

El policía cerró la boca, respiró ruidosamente por la nariz y dijo:

—Si te metes en más líos, cuando saquemos tu expediente y veamos que ya se te ha dado una amonestación, nos tomaremos las cosas mucho más en serio. ¿Entiendes lo que te digo?

Dije que lo entendía.

Entonces dijo que podíamos irnos y se levantó y abrió la puerta y recorrimos el pasillo para volver al mostrador de la entrada, donde recogí mi navaja del Ejército Suizo y mi pedazo de cordel y la pieza del rompecabezas de madera y las 3 bolitas de comida de rata para *Toby* y mi 1 libra con 47 peniques y el sujetapapeles y la llave de la puerta de casa, que estaban en una pequeña bolsa de plástico, y salimos hacia el coche de Padre, que estaba aparcado fuera, y nos fuimos a casa.

37

Yo no digo mentiras. Madre solía decir que era así porque soy buena persona. Pero no es porque sea buena persona. Es porque no sé decir mentiras.

Madre era una persona pequeña que olía bien. Y a veces llevaba un forro polar con cremallera delante, rosa y con una etiqueta minúscula en el pecho izquierdo que decía **Berghaus**.

Una mentira es cuando dices que ha pasado algo que no ha pasado. Pero siempre es una sola cosa la que pasa en un momento determinado y en un sitio determinado. Y hay un número infinito de cosas que no han pasado en ese momento y en ese sitio. Cuando pienso en algo que no ha pasado, empiezo a pensar en todas las demás cosas que no han pasado.

Por ejemplo, esta mañana para desayunar he tomado cereales Ready Brek y batido de frambuesas caliente. Pero si digo que en realidad he tomado cereales Shreddies y una taza de té,[3] empiezo a pensar en Coco-Pops y limonada y avena y Dr. Pepper y en que no estaba desayunando en Egipto y no había un rinoceronte en la habitación y en que Padre no llevaba un traje de buzo y así sucesivamente, incluso al escribir esto me siento débil y asustado, como me pasa cuando estoy

---

3. Cosa que no habría hecho, porque tanto los Shreddies como el té son marrones.

arriba de un edificio muy alto y hay miles de casas y coches y personas debajo de mí y mi cabeza está tan llena de todas esas cosas que me da miedo olvidarme de seguir en pie, bien agarrado a la barandilla, y caerme y matarme.

Ésa es otra razón por la que no me gustan las novelas propiamente dichas, porque son mentiras sobre cosas que no han ocurrido y me hacen sentir débil y asustado.

Y por eso todo lo que he escrito en este libro es verdad.

41

Había nubes en el cielo en el camino de vuelta a casa, así que no vi la Vía Láctea.

—Lo siento —dije, porque Padre había tenido que venir a la comisaría y eso era malo.

Él dijo:

—No te preocupes.

—Yo no maté al perro —dije.

Y él dijo:

—Ya lo sé.

Entonces dijo:

—Christopher, tienes que intentar no meterte en líos, ¿de acuerdo?

—No sabía que iba a meterme en líos —dije—. Me gusta *Wellington*, iba a decirle hola, pero no sabía que alguien lo había matado.

Padre dijo:

—Simplemente trata de no meter las narices en los asuntos de otras personas.

Reflexioné un momento y dije:

—Voy a descubrir quién mató a *Wellington*.

Y Padre dijo:

—¿Has oído lo que te he dicho, Christopher?

—Sí —dije—, he oído lo que me has dicho, pero cuando asesinan a alguien hay que descubrir quién lo hizo para que puedan castigarlo.

Y él dijo:

—No es más que un maldito perro, Christopher; un maldito perro.

—Yo creo que los perros también son importantes —dije.

Él dijo:

—Déjalo ya.

Y yo dije:

—Me pregunto si la policía descubrirá quién lo hizo y lo castigará.

Entonces Padre golpeó el volante con un puño y el coche zigzagueó un poquito sobre la raya discontinua en el centro de la carretera, y Padre gritó:

—He dicho que lo dejes ya, por el amor de Dios.

Entendí que estaba enfadado porque gritaba. Yo no quería hacerle enfadar, así que no dije nada más hasta que llegamos a casa.

Después de entrar por la puerta principal fui a la cocina a buscar una zanahoria para *Toby* y subí a mi habitación, cerré la puerta, solté a *Toby* y le di la zanahoria. Luego conecté el ordenador y jugué 76 partidas del Buscaminas e hice la Versión Experto en 102 segundos, sólo tres segundos más que mi mejor tiempo, que es de 99 segundos.

A las 2.07 de la madrugada decidí que quería un vaso de zumo de naranja antes de lavarme los dientes e irme a la cama, así que bajé a la cocina. Padre estaba sentado en el sofá viendo un campeonato de billar en la televisión y bebiendo whisky. De los ojos le caían lágrimas.

Le pregunté.

—¿Estás triste por lo de *Wellington*?

Me miró durante largo rato e inspiró aire por la nariz. Luego dijo:

—Sí, Christopher, podría decirse que sí. Ya lo creo.

Decidí dejarlo solo porque cuando estoy triste quiero que me dejen solo. Así que no dije nada más. Fui a la cocina, me hice el zumo de naranja y me lo llevé de vuelta a mi habitación.

43

Madre murió hace 2 años.

Un día volví a casa de la escuela y nadie contestó a la puerta, así que fui a buscar la llave secreta que tenemos escondida bajo una maceta, detrás de la puerta de la cocina. Entré en casa y me senté a montar una maqueta del Tanque Sherman de Airfix que estaba construyendo.

Una hora y media más tarde Padre volvió a casa del trabajo. Tiene un negocio de mantenimiento de calefacciones y calderas con un hombre llamado Rhodri, que es su empleado. Llamó a la puerta de mi habitación, la abrió y me preguntó si había visto a Madre.

Dije que no la había visto, y se fue al piso de abajo y empezó a hacer llamadas. No oí lo que dijo.

Entonces subió a mi habitación, y dijo que tenía que salir un rato y que no estaba seguro de cuánto tardaría. Dijo que si necesitaba cualquier cosa lo llamara a su teléfono móvil.

Estuvo fuera durante 2 horas y media. Cuando volvió, bajé las escaleras. Estaba sentado en la cocina mirando por la ventana de atrás hacia el jardín y el pozo y la verja de chapa de zinc y la parte superior de la torre de la iglesia de la calle Manstead, que parece un castillo porque es normanda. Padre dijo:

—Me temo que no vas a ver a tu madre durante una temporada.

Lo dijo sin mirarme. Siguió mirando por la ventana.

Normalmente, la gente te mira cuando te habla. Sé que tratan de captar lo que estoy pensando, pero yo soy incapaz de captar lo que piensan ellos. Es como estar en una habitación con un espejo de un solo sentido en una película de espías. Aquello era agradable, lo de que Padre me hablara sin mirarme. Dije:

—¿Por qué no?

Esperó mucho rato y luego dijo:

—Tu madre ha tenido que ir al hospital.

—¿Podemos visitarla? —pregunté, porque a mí me gustan los hospitales. Me gustan los uniformes y las máquinas.

Padre dijo:

—No.

—¿Por qué no podemos? —dije.

Y él dijo:

—Necesita descansar. Necesita estar sola.

—¿Es un hospital psiquiátrico? —pregunté.

Y padre dijo:

—No. Es un hospital corriente. Tiene un problema... un problema de corazón.

—Tendremos que llevarle comida —dije, porque sabía que la comida en los hospitales no era muy buena. David, del colegio, fue a un hospital a que le hicieran una operación en la pierna para alargarle el músculo de la pantorrilla y andar mejor. No le gustó nada la comida, así que su madre le llevaba cosas preparadas cada día.

Padre volvió a esperar mucho rato y dijo:

—Le llevaré algo de comida durante el día cuando tú estés en el colegio; se la daré a los médicos y ellos se la darán a tu madre, ¿de acuerdo?

—Pero tú no sabes cocinar —dije.

Padre se tapó la cara con las manos y dijo:

—Mira, Christopher, compraré comida preparada en Marks and Spencer y se la llevaré. A ella le gusta.

Dije que le haría una tarjeta de «Espero que te pongas bien», porque eso es lo que haces por la gente cuando está en el hospital.

Padre dijo que se la llevaría al día siguiente.

47

En el autobús de camino al colegio a la mañana siguiente vi pasar 4 coches rojos seguidos, lo que significaba que era un **Día Bueno**, así que decidí no estar triste por lo de *Wellington*.

El señor Jeavons, el psicólogo del colegio, me preguntó una vez por qué 4 coches rojos seguidos hacían que fuese un **Día Bueno**, y 3 coches rojos seguidos un **Día Bastante Bueno**, y 5 coches rojos seguidos un **Día Súper Bueno**, y por qué 4 coches amarillos seguidos hacían que fuese un **Día Negro**, que es un día en que no hablo con nadie y me siento a leer libros solo y no almuerzo y *No Corro Riesgos*. Dijo que yo era una persona muy lógica, y que le sorprendía que pensara de esa manera, porque no era muy lógica.

Le dije que me gustaba que las cosas siguieran un orden preciso. Y una manera de que las cosas siguieran un orden preciso era siendo lógico. En especial si esas cosas eran números o un razonamiento. Pero había otras formas de poner las cosas en un orden preciso. Y por eso yo tenía **Días Buenos** y **Días Negros**. Le dije que hay personas que trabajan en una oficina y que al salir de casa por la mañana ven que brilla el sol y eso hace que se sientan contentas, o ven que llueve y eso hace que se sientan tristes, pero la única diferencia es el clima, y si trabajan en una oficina el clima no tiene nada que ver con que tengan un buen día o un mal día.

Dije que cuando Padre se levanta por las mañanas siempre se pone los pantalones antes de ponerse los calcetines y que eso no es lógico, pero siempre lo hace así, porque a él también le gusta hacer las cosas en un orden preciso. Además, cuando sube los escalones lo hace siempre de dos en dos y empieza siempre con el pie derecho.

El señor Jeavons dijo que yo era un chico muy listo.

Yo dije que no era listo. Tan sólo advertía cómo son las cosas, y eso no es ser listo. Sólo es ser observador. Ser listo es ver cómo son las cosas y utilizar la información para deducir algo nuevo. Como que el universo está en expansión o que alguien ha cometido un asesinato. O cuando uno ve el nombre de alguien y le da un valor a cada letra desde el 1 al 26 (a = 1, b = 2, etc.) y suma los números en la cabeza y descubre que dan un número primo, como **Scooby Doo** (113), o **Sherlock Holmes** (163), o **Doctor Watson** (167).

El señor Jeavons me preguntó si eso me hacía sentirme seguro, eso de que las cosas siempre tuviesen un orden preciso, y le contesté que sí.

Entonces me preguntó si no me gustaba que las cosas cambiaran. Y dije que no me importaría que las cosas cambiaran si yo me convirtiera en un astronauta, por ejemplo, que es uno de los mayores cambios que uno puede imaginar, aparte de convertirse en niña o morirse.

Me preguntó si me gustaría ser astronauta y le dije que sí.

Dijo que era muy difícil llegar a ser astronauta. Yo dije que ya lo sabía. Uno tenía que ser oficial de las fuerzas aéreas y acatar muchas órdenes y estar dispuesto a matar a otros seres humanos, y yo no puedo acatar órdenes. Además, no tengo la visión de 20/20 que se necesita para ser piloto. Pero dije que puedes seguir deseando algo por muy improbable que sea.

Terry, que es el hermano mayor de Francis, que va a la escuela, dijo que yo sólo encontraría trabajo de recogedor de carritos en el supermercado o de limpiador de mierda de burro en una reserva de animales y que a los tarados no les dejaban pilotar cohetes que cuestan billones de libras. Cuando le dije eso a Padre, dijo que Terry tenía celos de que yo fuera más listo que él. Lo cual era una idea estúpida, porque lo nuestro no era una competición. Pero Terry es estúpido, así que *quod erat demonstrandum*, que en latín quiere decir *Que es la cosa que iba a demostrarse*, es decir, *Que prueba lo dicho*.

Yo no soy un tarado, y aunque es probable que no me convierta en astronauta, voy a ir a la universidad a estudiar Matemáticas, o Física, o Física y Matemáticas (en una facultad de doble licenciatura), porque las matemáticas y la física me gustan y se me dan muy bien. Pero Terry no irá a la universidad. Padre dice que lo más probable es que Terry acabe en la cárcel.

Terry lleva en el brazo un tatuaje en forma de corazón con un cuchillo que lo atraviesa.

Pero esto es lo que se llama una digresión, y ahora vuelvo a lo de que era un Día Bueno.

Puesto que era un Día Bueno, decidí que intentaría descubrir quién había matado a *Wellington*, porque un Día Bueno es un día para poner en marcha proyectos y planear cosas.

Cuando le dije eso a Siobhan, me dijo:

—Bueno, hoy se supone que hemos de escribir un relato, así que ¿por qué no escribes lo que pasó cuando encontraste a *Wellington* y fuiste a la comisaría?

Y entonces empecé a escribir esto.

Y Siobhan dijo que ella me ayudaría con la ortografía, la gramática y las notas a pie de página.

53

Madre murió dos semanas después.

Yo no había ido al hospital a verla, pero Padre le había llevado montones de comida de Marks and Spencer. Dijo que ella tenía buena cara y que parecía estar mejorando. Madre me mandaba todo su cariño y tenía mi tarjeta de «Espero que te pongas bien» en la mesilla, junto a la cama. Padre dijo que le gustaba muchísimo.

La tarjeta tenía dibujos de coches, así

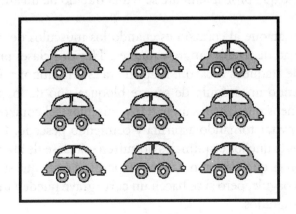

La hice en la escuela con la señora Peters, que enseña manualidades, y era un grabado al linóleo, que es cuando uno hace un dibujo en un pedazo de linóleo, la señora Peters recorta el dibujo con una navaja Stanley, y entonces uno le pone tinta al linóleo y lo presiona contra el papel, que es la razón de que todos los coches parezcan iguales porque hice un solo coche y lo presioné contra el papel 9 veces. La idea de hacer muchos coches fue de la señora Peters, y a mí me gustó. Y pinté todos los coches de color rojo para que Madre tuviera un **Día Súper Súper Bueno**.

Padre dijo que murió de un ataque al corazón y que fue inesperado.

Yo pregunté:

—¿Qué clase de ataque al corazón? —porque estaba sorprendido.

Madre sólo tenía 38 años y los ataques al corazón suele tenerlos la gente mayor, y Madre era muy activa y montaba en bicicleta y comía una comida sana, con mucha fibra y baja en grasa saturada, como pollo y verduras y muesli.

Padre dijo que no sabía qué clase de ataque al corazón había tenido y que ése no era el momento de preguntar cosas así.

Dije que probablemente se había tratado de un aneurisma.

Un ataque al corazón es cuando los músculos del corazón dejan de recibir sangre y mueren. Hay dos clases principales de ataque al corazón. La primera es una embolia. Ocurre cuando un coágulo de sangre bloquea uno de los vasos sanguíneos que llevan sangre a los músculos del corazón. Se puede evitar tomando aspirina y comiendo pescado. La razón por la que los esquimales no sufren esa clase de ataque al corazón es que comen pescado y el pescado evita que su sangre se coagule, pero si se hacen un corte grave pueden morirse desangrados.

Pero un aneurisma es cuando un vaso sanguíneo se rompe y la sangre no llega a los músculos del corazón. Algunas personas tienen aneurismas sólo por tener un punto débil en sus vasos sanguíneos, como la señora Hardisty, que vivía en el número 72 de nuestra calle y que tenía un punto débil en los vasos sanguíneos del cuello, y murió simplemente al volver la cabeza para aparcar el coche en una plaza libre.

También podría haber sido una embolia, porque la sangre se coagula con mucha más facilidad cuando llevas tendido mucho tiempo, como cuando estás en el hospital.

Padre dijo:

—Lo siento, Christopher. Lo siento muchísimo.

Pero no era culpa suya.

Entonces la señora Shears vino y nos preparó la cena. Llevaba sandalias y vaqueros y una camiseta con las palabras WINDSURF y CORFÚ y el dibujo de un windsurfista.

Padre estaba sentado y ella se acercó y apoyó la cabeza de él contra su pecho y dijo:

—Venga, Ed. Vamos a ayudarte a superar esto.

Y entonces nos preparó espaguetis con salsa de tomate.

Y después de cenar jugó al Scrabble conmigo y le gané por 247 puntos a 134.

59

Decidí que iba a descubrir quién había matado a *Wellington* a pesar de que Padre me hubiese dicho que no me metiera en los asuntos de otras personas.

Eso es porque no siempre hago lo que me dicen.

Y no lo hago porque cuando la gente te dice qué tienes que hacer, suele ser confuso y no tener mucho sentido.

Por ejemplo, la gente te dice con frecuencia «Cállate», pero no te dice durante cuánto tiempo tienes que quedarte callado. O ves un letrero que dice PROHIBIDO PISAR EL CÉSPED pero debería decir PROHIBIDO PISAR EL CÉSPED ALREDEDOR DE ESTE LETRERO o PROHIBIDO PISAR EL CÉSPED EN ESTE PARQUE porque hay mucho césped que sí se te permite pisar.

Además, la gente se salta las normas constantemente. Por ejemplo, Padre conduce muchas veces a más de 30 millas por hora en una zona limitada a 30 millas por hora, y otras conduce después de haber bebido, y con frecuencia no se pone el cinturón de seguridad. Y en la Biblia dice *No matarás* pero hubo unas Cruzadas y dos guerras mundiales y la guerra del Golfo y en todas ellas hubo cristianos que mataban gente.

Además, no sé a qué se refiere Padre cuando dice «no te metas en los asuntos de los demás», porque no sé a qué se refiere con «los asuntos de los demás», porque yo hago montones de cosas con otras personas, en el colegio, en la tienda o en el autobús, y su trabajo consiste en ir a las casas de otras personas y arreglarles la caldera y la calefacción. Y todas esas cosas son asuntos de los demás.

Siobhan me comprende. Cuando me dice que no haga algo, me dice qué es exactamente lo que no se me permite hacer. Y eso me gusta.

Por ejemplo, una vez me dijo: «Nunca des puñetazos a Sarah, ni le pegues de cualquier otra forma, Christopher, ni siquiera aunque ella te pegue primero. Si vuelve a pegarte, apártate de ella, quédate quieto y cuenta de 1 a 50; luego ven a decirme lo que ha hecho, o cuéntaselo a otro de los educadores.»

O, por ejemplo, una vez me dijo: «Si quieres columpiarte y ya hay gente en los columpios, nunca debes empujarlos para que se bajen. Tienes que preguntarles si puedes columpiarte tú. Y entonces has de esperar hasta que hayan acabado.»

Pero cuando otras personas te dicen lo que no puedes hacer, no lo hacen de esa manera. Así que yo decido lo que voy a hacer y lo que no.

Aquella tarde fui a la casa de la señora Shears y llamé a la puerta y esperé a que contestara.

Cuando abrió la puerta sostenía una taza de té y llevaba zapatillas de piel de borrego y había estado viendo un concurso en la tele porque el televisor estaba encendido y oí que alguien decía: «La capital de Venezuela es… a) Maracas, b) Caracas, c) Bogotá o d) Georgetown.» Y yo sabía que era Caracas.

La señora Shears me dijo:

—Christopher, la verdad es que no me apetece verte en este momento.

—Yo no maté a *Wellington* —dije.

Y ella dijo:

—¿Qué haces aquí?

—Quería decirle que yo no maté a *Wellington*. Y también que quiero averiguar quién lo mató.

Se le derramó un poco de té sobre la alfombra.

—¿Sabe usted quién mató a *Wellington*? —pregunté.

No contestó a mi pregunta. Tan sólo dijo:

—Adiós, Christopher. —Y cerró la puerta.

Entonces decidí hacer un poco de detective.

Vi que la señora Shears me estaba mirando, esperando a que me fuera, porque la veía de pie en el vestíbulo, al otro lado del cristal esmerilado de su puerta de entrada. Así que recorrí de vuelta el sendero y salí del jardín. Entonces me volví y vi que ya no estaba de pie en el vestíbulo. Me aseguré de que no hubiera nadie mirando y salté la tapia, y anduve junto a la casa hasta el jardín de atrás y el cobertizo donde guardaba las herramientas de jardinería.

El cobertizo estaba cerrado con un candado y no podía entrar, así que lo rodeé hasta la ventana lateral. Entonces tuve un poco de buena suerte. A través de la ventana vi una horca que tenía exactamente el mismo aspecto que la horca que había visto sobresalir de *Wellington*. Estaba encima del banco, junto a la ventana, y la habían limpiado, porque no había sangre en las púas. También vi otras herramientas: una pala, un rastrillo y unas de esas largas tijeras de podar que se usan para cortar ramas altas difíciles de alcanzar. Y todas ellas tenían los mismos mangos de plástico verde que la horca. Eso significaba que la horca pertenecía a la señora Shears. O era así, o se trataba de una *Pista Falsa*, que es una pista que te hace llegar a una conclusión errónea, o algo que parece una pista pero no lo es.

Me pregunté si la propia señora Shears habría matado a *Wellington*. Pero si hubiera matado ella misma a *Wellington*, por qué habría salido corriendo de la casa gritando «¿Qué coño le has hecho a mi perro?».

La señora Shears probablemente no había matado a *Wellington*. Pero quien fuera que lo hubiese matado, probablemente lo había matado con la horca de la señora Shears. El cobertizo estaba cerrado. Eso significaba que era alguien que tenía la llave del cobertizo de la señora Shears, o que ella se lo había dejado abierto, o que se había dejado la horca tirada en alguna parte del jardín.

Oí un ruido y me volví y vi a la señora Shears de pie en el césped mirándome. Dije:

—He venido a ver si la horca estaba en el cobertizo.

Y ella dijo:

—Si no te vas ahora voy a volver a llamar a la policía.

Así que me fui a casa.

Cuando llegué a casa, le dije hola a Padre, subí y le di de comer a *Toby*, mi rata, y me sentí contento porque estaba haciendo de detective y descubriendo cosas.

61

La señora Forbes, del colegio, dijo que Madre al morir se había ido al cielo. Eso lo dijo porque la señora Forbes es muy vieja y cree en el cielo. Y lleva pantalones de chándal porque dice que son más cómodos que los pantalones normales. Y una de sus piernas es ligeramente más corta que la otra a causa de un accidente de moto.

Pero Madre al morir no había ido al cielo, porque el cielo no existe.

El marido de la señora Peters es un párroco al que todos llaman reverendo Peters, y de vez en cuando viene a nuestra escuela a hablarnos. Yo le pregunté dónde estaba el cielo y él me contestó:

—No está en nuestro universo. Está en otro sitio completamente distinto.

A veces, cuando piensa, el reverendo Peters hace unos raros chasquidos con la lengua. Y fuma cigarrillos, y se los puedes oler en el aliento, y eso a mí no me gusta.

Le dije que no había nada fuera de nuestro universo y que no existía ningún sitio completamente distinto. Quizá lo haya si uno logra atravesar un agujero negro, pero un agujero negro es lo que se llama una *Singularidad*, que significa que es imposible saber qué hay del otro lado porque la gravedad de un agujero negro es tan grande, que ni siquiera ondas electromagnéticas como la luz pueden salir de él, y es a través de las ondas electromagnéticas como obtenemos la información de lo que está muy lejos. Si el cielo estuviera al otro lado de un agujero negro, a las personas muertas tendrían que lanzarlas al espacio en cohetes para llegar allí, y no las lanzan, o la gente ya se habría dado cuenta.

A mí me parece que la gente cree en el cielo porque no le gusta la idea de morirse, porque quiere seguir viviendo, y no le gusta la idea de que otras personas se muden a su casa y echen sus cosas a la basura.

El reverendo Peters dijo:

—Bueno, cuando digo que el cielo no está en nuestro universo, en realidad, es por decirlo de alguna manera. Supongo que lo que en realidad significa es que están con Dios.

—Pero ¿dónde está Dios? —le dije yo.

Y el reverendo Peters me dijo que deberíamos hablar de eso otro día cuando tuviese más tiempo.

Lo que de verdad pasa cuando te mueres es que tu cerebro deja de funcionar y el cuerpo se pudre, como el de Conejo cuando se murió y lo enterramos al fondo del jardín. Todas sus moléculas se descompusieron en otras moléculas y pasaron a la tierra y se las comieron los gusanos y pasaron a las plantas. Si vamos y cavamos en el mismo sitio al cabo de 10 años, no quedará nada excepto su esqueleto. Y al cabo de 1.000 años, hasta el esqueleto habrá desaparecido. Pero eso está bien, porque ahora forma parte de las flores y del manzano y del matorral de espino.

A veces, cuando las personas se mueren, las ponen en ataúdes, lo que significa que no se mezclan con la tierra durante muchísimo tiempo, hasta que la madera del ataúd se pudre.

Pero a Madre la incineraron. Eso quiere decir que la metieron en un ataúd y lo quemaron, y redujeron a cenizas, y a humo. Yo no sé qué se hace de las cenizas, no pude preguntarlo en el crematorio porque no fui al funeral. Pero el humo sale por la chimenea y se dispersa en el aire, y a veces levanto la vista al cielo y pienso en que allá arriba hay moléculas de Madre, o en las nubes sobre África o el Antártico, o en forma de lluvia en las selvas de Brasil, o de nieve en alguna parte.

67

El día siguiente era sábado y no hay gran cosa que hacer un sábado a menos que Padre me lleve a algún sitio, a remar en el lago o al centro de jardinería, pero ese sábado Inglaterra jugaba al fútbol contra Rumania, lo que significaba que no íbamos a hacer ninguna salida, porque Padre quería ver el partido en la televisión. Así que decidí investigar un poco más por mi cuenta.

Decidí que iría a preguntarles a otros de los vecinos de nuestra calle si habían visto a alguien matar a *Wellington*, o si habían visto algo extraño la noche del jueves.

Hablar con desconocidos no es algo que yo suela hacer. No me gusta hablar con desconocidos. No es por el **Peligro que suponen los Desconocidos** del que nos hablan en el colegio, y que es cuando un hombre desconocido te ofrece caramelos o llevarte en su coche porque quiere tener relaciones sexuales contigo. A mí eso no me preocupa. Si un desconocido me tocara yo le pegaría, y puedo pegar muy fuerte. Por ejemplo, aquella vez que pegué a Sarah porque me había tirado del pelo la dejé inconsciente y tuvo una conmoción cerebral y tuvieron que llevársela a Urgencias. Además, siempre llevo mi navaja del Ejército Suizo en el bolsillo y tiene una hoja de sierra que podría cortarle los dedos a un hombre.

No me gustan los extraños porque no me gusta la gente que no conozco. Es difícil comprenderlos. Es como estar en Francia, que es adonde íbamos a veces de vacaciones cuando Madre estaba viva, de cámping. A mí no me gustaba nada porque cuando ibas a una tienda o a un restaurante o a una playa no entendías lo que decía la gente y eso daba miedo.

Me lleva mucho tiempo acostumbrarme a la gente que no conozco. Por ejemplo, cuando en el colegio hay un miembro nuevo del equipo de educadores no le hablo durante semanas y semanas. Lo observo hasta saber que no representa un peligro. Entonces le hago preguntas sobre sí mismo, si tiene mascotas, cuál es su color favorito, qué sabe de las misiones espaciales Apolo, y le hago dibujarme un plano de su casa y le pregunto qué coche tiene, para así conocerlo mejor. Entonces ya no me importa si estoy en la misma habitación que esa persona, y ya no tengo que vigilarla constantemente.

Así pues, para hablar con otros vecinos de nuestra calle, tenía que ser valiente. Pero si uno quiere hacer de detective, tiene que ser valiente. No tenía elección.

Primero hice un plano de nuestra parte de la calle, que se llama calle Randolph, y que era así

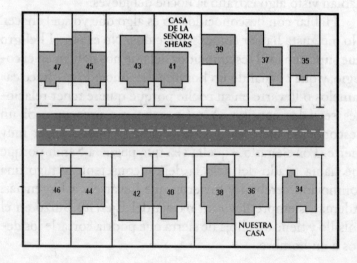

Luego, me aseguré de que llevaba la navaja del Ejército Suizo en el bolsillo y salí. Llamé a la puerta del número 40, que es la de enfrente de la casa de la señora Shears, y eso significa que era más probable que hubiesen visto algo. La gente que vive en el número 40 se llama Thompson.

El señor Thompson me abrió la puerta. Llevaba una camiseta que decía

Cerveza.
Más de 2.000 años
ayudando a los feos
a tener relaciones sexuales.

El señor Thompson me dijo:

—¿En qué puedo ayudarte?

—¿Sabe usted quién mató a *Wellington*? —dije.

No lo miré a la cara. No me gusta mirar a la gente a la cara, en especial si son desconocidos. Durante unos segundos no dijo nada. Luego preguntó:

—¿Y tú quién eres?

—Soy Christopher Boone, del número 36, y sé quién es usted. Usted es el señor Thompson —dije.

Y él dijo:

—Soy el hermano del señor Thompson.

—¿Sabe quién mató a *Wellington*? —dije yo.

—¿Quién coño es Wellington? —dijo él.

—El perro de la señora Shears. La señora Shears es la del número 41 —dije.

—¿Alguien le mató al perro? —dijo.

—Con una horca —dije yo.

—Dios santo —dijo él.

—Con una horca de jardín —dije yo, no fuera a pensar que me refería a un cadalso. Entonces dije—: ¿Sabe usted quién lo mató?

55

—No tengo ni la más mínima idea —dijo él.

—¿Vio usted algo sospechoso la noche del jueves? —dije yo.

—Oye, hijo —me dijo—, ¿de verdad te parece que tienes que andar por ahí haciendo preguntas como ésa?

Y yo le dije:

—Sí, porque quiero descubrir quién mató a *Wellington* y estoy escribiendo un libro sobre eso.

Y él dijo:

—Bueno, pues el jueves yo estaba en Colchester, así que le estás preguntando al tipo que no toca.

—Gracias —dije, y me alejé.

No hubo respuesta en la casa del número 42.

Había visto a la gente que vivía en el número 44, pero no sabía cómo se llamaban. Eran negros, un hombre y una mujer con dos hijos, un niño y una niña. Me abrió la puerta la señora. Llevaba unas botas que parecían botas del ejército y 5 pulseras de un metal plateado que hacían un ruido tintineante. Me dijo:

—Eres Christopher, ¿no?

Dije que sí y le pregunté si sabía quién había matado a *Wellington*. Ella sabía quién era *Wellington*, así que no tuve que explicárselo. Y sabía que lo habían matado.

Le pregunté si la noche del jueves había visto algo sospechoso que pudiera ser una pista.

—¿Como qué? —preguntó.

Y yo dije:

—Como algún desconocido. O ruido de gente peleándose.

Pero ella dijo que no.

Y entonces decidí hacer lo que se llama *Probar una Táctica Distinta*, y le pregunté si sabía de alguien que quisiera ver triste a la señora Shears.

Y ella me dijo:

—Quizá deberías hablar de esto con tu padre.

56

Y yo le expliqué que no podía preguntárselo a mi padre porque la investigación era un secreto porque él me había dicho que no me metiera en los asuntos de los demás.

—Bueno, pues a lo mejor tiene razón, Christopher —dijo.

Y yo dije:

—Entonces usted no sabe nada que pueda ser una pista.

—No —dijo ella, y luego dijo—: Ten cuidado, jovencito.

Le dije que tendría cuidado y luego le di las gracias por ayudarme con mis pesquisas y fui al número 43, que es la casa de al lado de la casa de la señora Shears.

Las personas que viven en el número 43 son el señor Wise y la madre del señor Wise, que está en una silla de ruedas, que es por lo que él vive con ella, para así poder llevarla a las tiendas y a otros sitios.

Me abrió la puerta el señor Wise. Olía a sudor y a galletas rancias y a palomitas, que es como huele una persona cuando no se ha lavado durante una temporada, como Jason, del colegio, que huele porque su familia es pobre.

Le pregunté al señor Wise si sabía quién había matado a *Wellington* la noche del jueves.

—Vaya —dijo—, los policías sois cada vez más jóvenes, ¿eh?

Entonces se rió. A mí no me gusta que la gente se ría de mí, así que me di la vuelta y me fui.

No llamé a la puerta del número 38, la casa de al lado de la nuestra, porque es gente que toma drogas y Padre dice que no hable nunca con ellos, así que no lo hago. Ponen la música muy alta por la noche y a veces, cuando los veo en la calle, me dan un poco de miedo. Además, en realidad no es su casa.

Entonces, me di cuenta de que la anciana que vive en el número 39, al otro lado de la casa de la señora Shears, estaba en su jardín delantero cortando el seto con una podadora eléctrica. Se llama señora Alexander. Tiene un perro. Es un teckel, así que probablemente era buena persona porque le gustaban los perros. Pero el perro no estaba en el jardín con ella. Estaba dentro de la casa.

La señora Alexander llevaba vaqueros y zapatillas de deporte, que no es lo que visten los ancianos normalmente. Los vaqueros tenían manchas de barro. Las zapatillas eran unas New Balance. Con los cordones rojos.

Me acerqué a la señora Alexander y dije:

—¿Sabe usted que mataron a *Wellington*?

Entonces apagó la podadora eléctrica y dijo:

—Me temo que vas a tener que repetírmelo. Soy un poco sorda.

Así que le dije:

—¿Sabe usted que mataron a *Wellington*?

—Me enteré ayer —dijo—. Espantoso. Espantoso.

—¿Sabe usted quién lo mató? —dije.

Y ella dijo:

—No, no lo sé.

—Alguien tiene que saberlo —dije— porque la persona que mató a *Wellington* sabe que mataron a *Wellington*. A menos que sea un loco y no supiera lo que hacía. O que tenga amnesia.

Y ella dijo:

—Bueno, supongo que tienes razón.

—Gracias por ayudarme en mi investigación —dije.

Y ella dijo:

—Eres Christopher, ¿verdad?

—Sí —dije—. Vivo en el número 36.

—Nunca habíamos hablado, ¿verdad? —dijo.

—No —dije—. A mí no me gusta hablar con desconocidos. Pero estoy haciendo de detective.

Y ella dijo:

—Te veo todos los días, cuando vas a la escuela.

A eso no contesté. Y la mujer dijo:

—Es muy amable por tu parte venir a decir hola.

A eso tampoco contesté, porque la señora Alexander estaba haciendo lo que se llama charlar, que es cuando la gente se dice cosas entre sí que no son preguntas y respuestas y que no tienen relación. Entonces dijo:

—Incluso aunque sólo sea porque estás haciendo de detective.

Y yo volví a decir:

—Gracias.

Estaba a punto de volverme y alejarme cuando dijo:

—Tengo un nieto de tu edad.

Traté de charlar con ella diciendo:

—Tengo 15 años, 3 meses y 4 días.

Y ella dijo:

—Bueno, casi de tu edad.

Entonces no nos dijimos nada durante un ratito hasta que ella dijo:

—Tú no tienes perro, ¿verdad?

Y yo contesté:

—No.

—Probablemente te gustaría tener un perro, ¿no es así? —dijo.

—Tengo una rata —dije yo.

—¿Una rata? —preguntó.

—Se llama *Toby* —dije.

—Oh —dijo ella.

Y yo dije:

—A la mayoría de la gente no le gustan las ratas, porque creen que transmiten enfermedades como la peste bubónica. Pero eso es sólo porque las ratas vivían en alcantarillas y se escondían en barcos que venían de países donde había enfermedades raras. Pero las ratas son muy limpias. *Toby* siempre se está lavando. Y no hay que sacarla a pasear. La dejo corretear por mi habitación para que haga un poco de ejercicio. Y a

59

veces se me sienta en el hombro o se me esconde en la manga como si fuera una madriguera. Pero las ratas no viven en madrigueras en la naturaleza.

La señora Alexander dijo:

—¿Quieres pasar a tomar el té?

—Yo no entro en las casas de otras personas —dije.

Y ella dijo:

—Bueno, podría sacar un poco aquí fuera. ¿Te gusta la limonada?

—A mí sólo me gusta la naranjada —contesté.

—Por suerte también tengo —dijo—. ¿Y qué me dices de un poco de Battenberg?

—No lo sé porque no sé lo que es Battenberg —dije yo.

—Es una clase de pastel —dijo ella—. Tiene cuatro cuadrados rosas y amarillos en el centro y está recubierto de mazapán.

Y yo dije:

—¿Es un pastel alargado de sección cuadrada dividida en cuadros de igual tamaño y colores alternos?

—Sí —dijo ella—, supongo que se puede describir así.

—Me podrían gustar los cuadrados rosas, pero no los amarillos, porque a mí no me gusta el amarillo —dije—. Y no sé qué es el mazapán, así que tampoco sé si eso me gustaría.

Y ella dijo:

—Me temo que el mazapán también es amarillo. Quizá en lugar de eso debería sacar unas galletas. ¿Te gustan las galletas?

—Sí —dije—. Algunas clases de galletas.

—Te traeré un surtido —dijo.

Entonces se volvió y entró en la casa. Se movía muy despacio porque era una anciana y estuvo dentro de la casa durante más de 6 minutos y yo empecé a ponerme nervioso porque no sabía qué estaba haciendo dentro de la casa. No la conocía lo bastante bien para saber si decía la verdad sobre la naranjada y el pastel Battenberg. Pensé que podía estar llamando a la policía y que entonces me metería en un lío mucho más serio a causa de la amonestación.

Así que me marché.

Y cuando cruzaba la calle tuve un momento de inspiración sobre quién podía haber matado a *Wellington*. Articulé una **Concatenación de Razonamientos** en mi mente que era como sigue:

1. ¿Por qué matarías a un perro?
   a) Porque lo odias.
   b) Porque estás loco.
   c) Porque quieres fastidiar a la señora Shears.
2. Yo no conozco a nadie que odiase a *Wellington*; de ser así a) probablemente se trata de un desconocido.
3. Yo no conozco a nadie loco; de ser así b) probablemente se trata también de un desconocido.
4. La mayoría de los asesinatos los comete alguien a quien la víctima conoce. Se sabe que lo más fácil es que a uno lo asesine un miembro de su propia familia el día de Navidad. Eso es un hecho demostrado. Por tanto, lo más probable es que a *Wellington* lo matara una persona que lo conocía.
5. De ser así c) yo sólo conozco a una persona a quien no le gusta la señora Shears, y es el señor Shears, que desde luego conocía muy bien a *Wellington*.

Eso significaba que el señor Shears era mi **Principal Sospechoso**.

El señor Shears estaba casado con la señora Shears y vivían juntos hasta hace dos años. Entonces, el señor Shears se fue y no volvió. Por eso la señora Shears vino y cocinó mucho para nosotros después de que Madre muriese, porque ya no tenía que cocinar para el señor Shears y no tenía que quedarse en casa y ser su esposa. Y además Padre decía que ella necesitaba compañía y que no quería estar sola.

A veces, la señora Shears pasaba la noche en nuestra casa y a mí me gustaba que lo hiciera, porque ponía las cosas en su sitio y colocaba los botes y las cacerolas y las latas por orden de altura en los estantes de la cocina, y siempre hacía que las etiquetas mirasen hacia fuera, y colocaba los cuchillos y tenedores y cucharas en los compartimentos correctos del cajón de los cubiertos. Pero fumaba cigarrillos y decía montones de cosas que yo no entendía, por ejemplo «Me voy al sobre», y «Ahí fuera están cayendo chuzos de punta», y «Vamos a mover un poco el esqueleto». Y no me gustaba que dijera cosas así porque no entendía qué quería decir.

No sé por qué el señor Shears dejó a la señora Shears, porque nadie me lo dijo. Pero cuando te casas es porque quieres vivir con la otra persona y tener niños, y si te casas en una iglesia tienes que prometer que estarás con esa persona hasta que la muerte os separe. Y si no quieres vivir con ella tienes que divorciarte y eso pasa cuando uno de los dos ha tenido relaciones sexuales con otra persona o porque siempre os estáis peleando, os odiáis y ya no queréis vivir en la misma casa y tener niños. Y el señor Shears ya no quería vivir en la misma casa que la señora Shears, así que probablemente la odiaba y podía haber vuelto y matado a su perro para ponerla triste.

Trataría de averiguar más cosas sobre el señor Shears.

71

Los niños de mi colegio son estúpidos. Pero se supone que no he de llamarlos estúpidos, ni siquiera aunque sea eso lo que son. Se supone que he de decir que tienen dificultades de aprendizaje o que tienen necesidades especiales. Pero eso es estúpido, porque todo el mundo tiene dificultades de aprendizaje, porque aprender a hablar francés o entender la relatividad es difícil. Y todo el mundo tiene necesidades especiales, como Padre, que tiene que llevar siempre encima una cajita de pastillas de edulcorante artificial que echa al café para no engordar, o la señora Peters, que lleva en el oído un aparato de color beige para oír mejor, o Siobhan, que lleva unas gafas tan gruesas que si te las pones te dan dolor de cabeza, y ninguna de esas personas son de Necesidades Especiales, incluso aunque tengan necesidades especiales.

Pero Siobhan dijo que teníamos que utilizar otras palabras porque a los niños del colegio la gente solía llamarlos cortos y gilis y memos que eran palabras muy feas. Pero eso también es una estupidez porque a veces los niños de la escuela de un poco más allá de nuestra calle nos ven al bajar del autocar y nos gritan «¡Necesidades especiales! ¡Necesidades especiales!». Pero yo no hago caso porque no escucho lo que dicen las demás personas y a palabras necias oídos sordos y llevo conmigo mi navaja del Ejército Suizo y si me pegan y yo los mato será en defensa propia y no iré a la cárcel.

Voy a demostrar que yo no soy estúpido. El mes que viene voy a presentarme al examen de bachiller superior en Matemáticas y voy a sacar un sobresaliente. Nadie ha estudiado nunca una asignatura de bachillerato en nuestra escuela y la directora, la señora Gascoyne, no quería al principio que me presentara. Dijo que la escuela no tenía aulas preparadas para ese tipo de exámenes. Pero Padre tuvo una discusión con la señora Gascoyne y se enfadó muchísimo. La señora Gascoyne dijo que no querían tratarme de forma distinta a todos los demás en el colegio porque entonces todo el mundo querría ser tratado de forma distinta y yo sentaría precedente. Y siempre podía sacarme el bachillerato más tarde, a los 18 años.

Yo estaba sentado en el despacho de la señora Gascoyne con Padre cuando ella dijo esas cosas. Y Padre dijo:

—¿No le parece que Christopher tiene ya una situación de mierda para que venga usted también a cagarse en él desde las alturas? Jesús, pero si eso es lo único que se le da realmente bien.

Entonces la señora Gascoyne dijo que ella y Padre deberían hablar del asunto en algún otro momento y a solas. Pero Padre le preguntó si había algo que le avergonzara decir delante de mí, y ella dijo que no, de forma que Padre dijo:

—Dígalo ahora, entonces.

Y la directora dijo que si me presentaba a los exámenes de bachiller superior necesitaría tener a un miembro del personal ocupándose únicamente de mí en un aula separada. Y Padre dijo que le pagaría a alguien 50 libras para que lo hiciera fuera del horario escolar y que no iba a aceptar un no por respuesta. Ella dijo que se lo pensaría. Y a la semana siguiente llamó a Padre a casa y le dijo que podía presentarme a los exámenes y que el reverendo Peters sería el supervisor.

Y después de sacarme el bachiller superior en Matemáticas voy a sacarme el curso de especialización en Matemáticas y Física, y entonces podré ir a la universidad. En nuestra ciudad, Swindon, no hay universidad, porque es pequeña. Así que tendremos que mudarnos a una ciudad con universidad porque yo no quiero vivir solo o en una casa con otros estudiantes. Pero eso estará bien porque Padre también quiere mudarse a una ciudad distinta. A veces dice cosas como:

—Tenemos que largarnos de esta ciudad, chaval.

Y otras veces dice:

—Swindon es el culo del mundo.

Entonces, cuando me haya licenciado en Matemáticas, o en Física, o en Matemáticas y Física, conseguiré trabajo y ganaré montones de dinero y podré pagar a alguien para que cuide de mí y me haga la comida y me lave la ropa, o encontraré a una señora que se case conmigo y sea mi esposa y ella podrá cuidar de mí y así tendré compañía y no estaré solo.

73

Solía pensar que Madre y Padre iban a divorciarse, porque tenían muchas peleas y a veces se enfadaban muchísimo. Era por el estrés de tener que cuidar de alguien con Problemas de Conducta, como yo. Solía tener muchísimos Problemas de Conducta, pero ahora ya no tengo tantos porque he crecido y soy capaz de tomar decisiones por mí mismo y hacer cosas como salir de casa a comprar cosas en la tienda de la esquina.

Éstos son algunos de mis Problemas de Conducta

A. No hablar durante mucho tiempo.[4]
B. No comer o beber nada durante mucho tiempo.[5]
C. No gustarme que me toquen.
D. Gritar cuando estoy enfadado o confundido.
E. No gustarme estar en sitios pequeños con otras personas.
F. Destrozar cosas cuando estoy enfadado o confundido.
G. Gemir.

---

4. Una vez no hablé con nadie durante 5 semanas.
5. Cuando tenía 6 años, Madre me hacía beber batidos para adelgazar con sabor a fresa de una jarra graduada y jugábamos a cronometrar lo que tardaba en beberme un cuarto de litro.

H. No gustarme las cosas amarillas o marrones y negarme a tocar cosas amarillas o marrones.

I. Negarme a usar el cepillo de dientes si alguien lo ha tocado.

J. No comerme la comida si las diferentes clases de comida se tocan entre sí.

K. No darme cuenta de que la gente está enfadada conmigo.

L. No sonreír.

M. Decir cosas que a la gente le parecen groseras.[6]

N. Hacer cosas estúpidas.[7]

O. Pegarles a otras personas.

P. Odiar Francia.

Q. Conducir el coche de Madre.[8]

R. Ponerme furioso cuando alguien ha movido los muebles.[9]

---

6. La gente dice que siempre hay que decir la verdad. Pero no lo dicen en serio porque no se te permite decirle a los viejos que son viejos y no se te permite decirle a la gente que huele raro o a un adulto que se ha tirado un pedo. Y no se te permite decir a alguien «No me gustas» a menos que esa persona haya sido muy mala contigo.

7. Cosas estúpidas son cosas como vaciar un frasco de mantequilla de cacahuete en la mesa de la cocina y esparcirla con un cuchillo para que cubra toda la mesa hasta los bordes, o quemar cosas en los fogones para ver qué les pasa, como mis zapatos o papel de plata o azúcar.

8. Eso sólo lo hice una vez. Le cogí las llaves cuando ella había ido a la ciudad en autobús, y yo nunca había conducido antes un coche y tenía 8 años y 5 meses así que lo choqué contra la pared, y el coche ya no está allí porque Madre está muerta.

9. Está permitido mover las sillas y la mesa de la cocina porque eso es distinto, pero me hace sentir mareado y enfermo que alguien mueva el sofá y las sillas en la sala de estar o en el comedor. Madre solía hacerlo cuando pasaba el aspirador, así que yo hacía un plano especial de dónde se suponía que tenían que estar todos los muebles y tomaba medidas y luego volvía a ponerlo todo en el sitio correcto y entonces me sentía mejor. Pero desde que Madre murió, Padre no ha aspirado nunca, y a

A veces esas cosas ponían a Madre y Padre realmente furiosos y me gritaban a mí o se gritaban el uno al otro. A veces Padre decía «Christopher, si no te comportas como es debido te juro que te voy a moler a palos», o Madre me decía «Dios santo, Christopher, de verdad que me estoy planteando internarte», o Madre me decía «Vas a llevarme a la tumba antes de hora».

mí me parece bien. La señora Shears vino a pasar el aspirador una vez pero yo me puse a gemir y ella le gritó a Padre y nunca más volvió a intentarlo.

79

Cuando llegué a casa, Padre estaba sentado a la mesa de la cocina y me había preparado la cena. Llevaba una camisa a cuadros. La cena consistía en alubias, brócoli y dos lonchas de jamón y todo estaba dispuesto en el plato de forma que no se tocara. Me dijo:

—¿Dónde has estado?

Y yo le dije que había salido. Eso se llama una mentira piadosa. Una mentira piadosa no es una mentira en absoluto. Es cuando dices la verdad pero no toda la verdad. Eso significa que todo lo que decimos son mentiras piadosas, porque cuando alguien te pregunta, por ejemplo, «¿Qué quieres hacer hoy?», dices «Quiero pintar con el señor Peters», pero no dices «Quiero comerme el almuerzo y quiero ir al baño y quiero irme a casa después del colegio y quiero jugar con *Toby* y quiero comerme la cena y quiero jugar en el ordenador y quiero irme a la cama». Había dicho una mentira piadosa porque sabía que Padre no quería que hiciera de detective.

Padre dijo:

—Acabo de recibir una llamada de la señora Shears.

Empecé a comerme las alubias, el brócoli y las dos lonchas de jamón.

Entonces Padre preguntó:

—¿Qué demonios hacías husmeando en su jardín?

—Estaba haciendo de detective tratando de descubrir quién mató a *Wellington* —dije.

Padre dijo:

—¿Cuántas veces tengo que decírtelo, Christopher?

Las alubias, el brócoli y el jamón estaban fríos pero no me importaba. Suelo comer despacio, así que mi comida casi siempre está fría.

Padre dijo:

—Te dije que no anduvieses metiendo las narices en los asuntos de los demás.

—Creo que es probable que el señor Shears matara a *Wellington* —dije.

Padre no dijo nada.

—Él es mi Principal Sospechoso —dije—. Porque creo que alguien pudo haber matado a *Wellington* para poner triste a la señora Shears. Y normalmente un asesinato lo comete un conocido...

Padre golpeó la mesa con el puño con mucha fuerza. Los platos y los cubiertos brincaron y mi jamón saltó hasta tocar el brócoli, así que ya no pude comerme el jamón ni el brócoli. Entonces Padre gritó:

—No toleraré que el nombre de ese hombre se mencione en esta casa.

—¿Por qué no? —dije yo.

Y él dijo:

—Porque es un hombre malo.

—¿Significa eso que pudo haber matado a *Wellington*? —dije yo.

Padre apoyó la cabeza en las manos y dijo:

—Por el amor de Dios.

Me di cuenta de que Padre estaba enfadado conmigo, así que dije:

—Ya sé que me dijiste que no me metiera en los asuntos de los demás pero la señora Shears es amiga nuestra.

Y Padre dijo:

—Bueno, pues ya no es amiga nuestra.

—¿Por qué no? —pregunté.

Y Padre dijo:

—De acuerdo, Christopher. Voy a decirte esto una sola vez, y sólo una. No volveré a decírtelo. Por el amor de Dios, mírame cuando te hablo. Mírame. No vas a volver a preguntarle nada a la señora Shears sobre quién mató a ese maldito perro. No vas a hacerle preguntas a nadie sobre quién mató a ese maldito perro. No vas a volver a entrar sin autorización en los jardines de otras personas. Vas a dejar ese ridículo jueguecito del detective desde ahora mismo.

Yo no dije nada.

Padre dijo:

—Voy a hacer que me lo prometas, Christopher. Y ya sabes qué significa que te haga prometerme algo.

Yo sabía bien qué significa decir que prometes algo. Tienes que decir que nunca más volverás a hacer algo y entonces nunca debes volver a hacerlo, porque eso convertiría la promesa en una mentira.

—Ya lo sé —dije.

Padre dijo:

—Prométeme que dejarás de hacer esas cosas. Prométeme que dejarás ese ridículo juego ahora mismo, ¿entendido?

—Lo prometo —dije.

83

Creo que sería un astronauta muy bueno.

Para ser un buen astronauta tienes que ser inteligente y yo soy inteligente. También tienes que entender cómo funcionan las máquinas y yo soy bueno a la hora de entender cómo funcionan las máquinas. También te tiene que gustar estar solo en una minúscula nave espacial a miles y miles de kilómetros de la superficie de la Tierra sin que te entre pánico o claustrofobia o tengas añoranza o te vuelvas loco. Y a mí me gustan de verdad los espacios pequeños, siempre y cuando no haya nadie en ellos conmigo. A veces, cuando quiero estar solo, me meto en el armario del tendedero que hay al lado del cuarto de baño y me deslizo junto al calentador y cierro la puerta detrás de mí y me paso horas allí sentado, pensando, y eso me hace sentir muy tranquilo.

Así que yo tendría que ser un astronauta en solitario, o tener mi propia parte de la nave espacial en la que nadie más pudiese entrar.

No hay cosas amarillas o marrones en una nave espacial así que eso también estaría bien.

Tendría que hablar con otras personas del Centro de Control, pero lo haríamos a través de una conexión de radio y un monitor de televisión, o sea que no sería como hablar con desconocidos, sino como jugar a un juego de ordenador.

No sentiría ninguna añoranza, porque estaría rodeado de montones de las cosas que me gustan, máquinas y ordenadores y el espacio exterior. Y podría mirar a través de una ventanita en la nave espacial y saber que no hay nadie cerca de mí en miles y miles de kilómetros, que es lo que a veces me imagino que me pasa en las noches de verano, cuando me tumbo en el jardín y miro al cielo y me pongo las manos a los lados de la cara para no ver la valla y la chimenea y el hilo de tender y puedo hacer como que estoy en el espacio.

Todo lo que vería serían estrellas. Las estrellas son los sitios en que las moléculas de las que está hecha la vida se crearon billones de años atrás. Por ejemplo, el hierro de tu sangre, que impide que estés anémico, se creó en una estrella.

Me gustaría poder llevarme a *Toby* conmigo al espacio, y puede que me lo permitieran porque a veces se llevan animales al espacio para los experimentos, o sea que si se me ocurriera un buen experimento con una rata que no le hiciera daño a la rata, podría pedir que me dejaran llevar a *Toby*.

Pero si no me dejaran iría igualmente porque sería un Sueño Hecho Realidad.

89

Al día siguiente en el colegio le dije a Siobhan que Padre me había dicho que ya no podía hacer de detective y eso significaba que el libro se había acabado. Le enseñé las páginas que había escrito hasta entonces, con el dibujo del universo y el plano de la calle y los números primos. Y ella dijo que no importaba. Dijo que el libro era realmente bueno como estaba y que debía sentirme muy orgulloso de haber escrito un libro, incluso aunque fuera más bien corto, y que había algunos libros muy buenos que eran muy cortos, como *El corazón de las tinieblas*, que era de Conrad.

Pero yo le dije que no era un libro propiamente dicho porque no tenía un final propiamente dicho porque no había descubierto quién había matado a *Wellington*, así que el asesino todavía Andaba Suelto.

Y ella dijo que era como la vida, que no se resolvían todos los asesinatos y no se atrapaba a todos los asesinos. Como Jack el Destripador.

Dije que no me gustaba la idea de que el asesino aún Anduviese Suelto. Dije que no me hacía gracia pensar que la persona que había matado a *Wellington* pudiese vivir en algún sitio cerca y que me la pudiera encontrar dando un paseo por la noche. Y eso era posible porque los asesinos suelen ser conocidos de la víctima.

Entonces dije:

—Padre dijo que no debía volver a mencionar nunca el nombre del señor Shears en nuestra casa, que era un hombre malo. Quizá eso significa que fue la persona que mató a *Wellington*.

Y Siobhan dijo:

—A lo mejor es que a tu padre no le gusta mucho el señor Shears.

Y yo dije:

—¿Por qué no?

—No lo sé, Christopher —dijo ella—. No lo sé, porque no sé nada sobre el señor Shears.

—El señor Shears estaba casado con la señora Shears y la dejó, como en un divorcio —dije yo—. Pero no sé si en realidad se divorciaron.

Y Siobhan dijo:

—Bueno, la señora Shears es amiga tuya, ¿no? Amiga tuya y de tu padre. Así que a lo mejor a tu padre no le gusta el señor Shears porque dejó a la señora Shears. Porque le hizo algo malo a una persona que es su amiga.

Y yo dije:

—Pero Padre dice que la señora Shears ya no es amiga nuestra.

—Lo siento, Christopher —dijo Siobhan—. Me gustaría poder responder a todas esas preguntas, pero simplemente no sé qué decirte.

Entonces sonó el timbre que anunciaba que acababa el colegio.

Al día siguiente vi pasar 4 coches amarillos seguidos de camino al colegio, lo que lo convertía en un **Día Negro,** o sea que no comí nada en el almuerzo y me quedé sentado en un rincón de la clase todo el día y leí mi curso de Matemáticas de bachiller superior. Al día siguiente, también vi 4 coches amarillos seguidos de camino al colegio, lo que lo convirtió también en un **Día Negro,** así que no hablé con nadie y durante toda la tarde me quedé sentado en un rincón de la biblioteca gimiendo con la cabeza apoyada con fuerza en una esquina y eso me hacía sentir tranquilo y seguro. Pero al tercer día mantuve los ojos cerrados todo el camino al colegio hasta que bajamos del autocar porque después de haber tenido 2 **Días Negros** seguidos me permito hacer eso.

97

Pero no fue el final del libro porque cinco días más tarde vi 5 coches rojos seguidos, lo que lo convirtió en un **Día Súper Bueno** y supe que iba a pasar algo especial. En el colegio no pasó nada especial o sea que tenía que pasar algo especial después del colegio. Y cuando llegué a casa me fui hasta la tienda de la esquina a comprarme unos regalices y una Milky Bar con mi dinero de la semana.

Cuando me había comprado los regalices y la Milky Bar me di la vuelta y vi a la señora Alexander, la anciana del número 39, que también estaba en la tienda. No llevaba vaqueros. Llevaba un vestido como una anciana normal. Y olía a comida casera.

—¿Qué te pasó el otro día? —me dijo.

—¿Qué día? —pregunté.

Y ella dijo:

—Cuando volví a salir te habías ido. Tuve que comerme yo todas las galletas.

—Me marché —dije.

—Ya lo vi —dijo.

—Pensé que podía llamar usted a la policía —dije.

Y ella preguntó:

—¿Por qué iba a hacer eso?

Y yo dije:

—Porque yo estaba metiendo las narices en los asuntos de los demás y Padre me dijo que no debía investigar quién mató a *Wellington*. Y un policía me dio una amonestación y si vuelvo a meterme en líos será muchísimo peor a causa de la amonestación.

Entonces la señora india del otro lado del mostrador le dijo a la señora Alexander:

—¿En qué puedo servirla? —Y la señora Alexander dijo que quería medio litro de leche y un paquete de pastelillos de Jaffa y yo salí de la tienda.

Fuera de la tienda vi que el teckel de la señora Alexander estaba sentado en la acera. Llevaba un abriguito hecho de tartán, que es una tela escocesa y a cuadros. Le habían atado la correa a la tubería junto a la entrada. A mí me gustan los perros, así que me agaché y le dije hola al perro de la señora Alexander y él me lamió la mano. Su lengua era áspera y húmeda. Le gustó el olor de mis pantalones y empezó a olisquearlos.

Entonces la señora Alexander salió y dijo:

—Se llama *Ivor*.

Yo no dije nada.

Y la señora Alexander dijo:

—Eres muy tímido, ¿verdad, Christopher?

Y yo dije:

—No me está permitido hablar con usted.

—No te preocupes —dijo ella—. No voy a decírselo a la policía y no voy a decírselo a tu padre, porque no tiene nada de malo charlar un poco. Charlar un poco es sólo ser simpático, ¿no?

—Yo no sé charlar —dije.

Entonces ella dijo:

—¿Te gustan los ordenadores?

Y yo dije:

—Sí. Me gustan los ordenadores. En casa tengo un ordenador en mi habitación.

Y ella dijo:

—Ya lo sé. A veces te veo sentado ante el ordenador en tu dormitorio cuando miro desde la acera de enfrente.

Entonces desató la correa de *Ivor* de la tubería.

Yo no iba a decir nada porque no quería meterme en líos.

Entonces pensé que aquél era un **Día Súper Bueno** y que aún no había pasado nada especial, así que era posible que hablar con la señora Alexander fuera eso especial que iba a pasar. Y pensé que podía decirme algo sobre *Wellington* o la señora Shears sin que yo se lo preguntara, o sea que eso no sería romper mi promesa. Le dije:

—Me gustan las matemáticas y cuidar de *Toby*. Y también me gusta el espacio exterior y estar solo.

Y ella dijo:

—Apuesto a que eres muy bueno con las matemáticas, ¿verdad?

—Sí, lo soy —dije—. El mes que viene voy a examinarme del bachiller superior. Y voy a sacar un sobresaliente.

Y la señora Alexander dijo:

—¿De veras? ¿El bachiller en Matemáticas?

—Sí —contesté—. Yo no digo mentiras.

Y ella dijo:

—Perdona. No pretendía sugerir que estuvieses mintiendo. Sólo me preguntaba si te habría oído correctamente. Soy un poco sorda.

—Ya me acuerdo. Me lo dijo. —Y entonces dije—: Yo soy la primera persona en mi colegio que se presenta a un examen de bachillerato, porque es una escuela especial.

—Bueno —dijo ella—, pues estoy muy impresionada. Y espero que saques un sobresaliente.

Y yo dije:

—Lo sacaré.

Entonces ella dijo:

—Y la otra cosa que sé sobre ti es que tu color favorito no es el amarillo.

—No —dije yo—. Y tampoco es el marrón. Mi color favorito es el rojo. Y el color metálico.

Entonces *Ivor* se hizo caca y la señora Alexander la recogió con la mano metida dentro de una bolsita de plástico y luego volvió del revés la bolsita de plástico y le hizo un nudo de forma que la caca quedó encerrada y ella no tocó la caca con las manos.

Entonces yo hice unos razonamientos. Padre tan sólo me había hecho prometerle cinco cosas que eran

1. No mencionar el nombre del señor Shears en nuestra casa.
2. No ir a preguntarle a la señora Shears quién había matado a ese maldito perro.
3. No ir a preguntarle a nadie quién había matado al maldito perro.
4. No entrar sin autorización en los jardines de los demás.
5. Dejar ese ridículo jueguecito del detective.

Y preguntar acerca del señor Shears no era ninguna de esas cosas. Y si uno es detective tiene que *Correr Riesgos* y ése era un **Día Súper Bueno** lo que significaba que era un buen día para *Correr Riesgos*, así que dije:

—¿Conoce usted al señor Shears? —lo cual era más o menos charlar.

Y la señora Alexander dijo:

—No, en realidad no. Quiero decir que lo conocía lo suficiente como para saludarlo y charlar un poco en la calle, pero no sabía gran cosa sobre él. Creo que trabajaba en un banco. El National Westminster. En el centro.

Y yo dije:

—Padre dice que es un hombre malo. ¿Sabe por qué dice eso? ¿Es un hombre malo el señor Shears?

Y la señora Alexander dijo:

—¿Por qué me haces preguntas sobre el señor Shears, Christopher?

No dije nada porque no quería investigar el asesinato de *Wellington*, que era la razón por la que preguntaba sobre el señor Shears.

Pero la señora Alexander dijo:

—¿Es por *Wellington*?

Y asentí con la cabeza, porque eso no contaba como hacer de detective.

La señora Alexander no dijo nada. Se dirigió a la pequeña papelera roja junto a la entrada del parque y metió en ella la caca de *Ivor*, aquello era meter una cosa marrón dentro de una cosa roja, lo que hizo que me diera vueltas la cabeza, así que no miré. Entonces volvió de nuevo hacia mí.

Inspiró profundamente y dijo:

—Tal vez sería mejor no hablar de esas cosas, Christopher.

—¿Por qué no? —dije.

Y ella dijo:

—Porque… —Entonces se detuvo y decidió empezar una frase distinta—. Porque a lo mejor tu padre tiene razón y no deberías andar por ahí haciendo preguntas sobre eso.

Y yo pregunté:

—¿Por qué?

Y ella dijo:

—Porque está claro que va a dolerle que lo hagas.

—¿Por qué va a dolerle que lo haga? —dije yo.

Entonces la señora volvió a inspirar profundamente y dijo:

—Porque… porque yo creo que tú ya sabes por qué a tu padre no le gusta mucho el señor Shears.

Entonces pregunté:

—¿Mató el señor Shears a Madre?

Y la señora Alexander dijo:

—¿Que si la mató?

Y yo dije:

—Sí. ¿Mató él a Madre?

Y la señora Alexander dijo:

—No. No. Por supuesto que él no mató a tu madre.

—Pero ¿le causó él tanto estrés que se murió de un ataque al corazón? —pregunté.

Y la señora Alexander dijo:

—Te aseguro que no sé de qué me hablas, Christopher.

Y yo dije:

—¿O le hizo daño y ella tuvo que ir al hospital?

—¿Tuvo que ir al hospital? —preguntó la señora Alexander.

Y yo dije:

—Sí. Y no fue muy grave al principio, pero tuvo un ataque al corazón cuando estaba en el hospital.

Y la señora Alexander dijo:

—Dios mío.

—Y se murió —dije yo.

Y la señora Alexander dijo otra vez:

—Dios mío. —Y entonces dijo—: Oh, Christopher, lo siento, lo siento muchísimo. Es que no lo sabía.

Entonces le pregunté:

—¿Por qué ha dicho «Creo que tú ya sabes por qué a tu padre no le gusta mucho el señor Shears»?

La señora Alexander se llevó una mano a la boca y dijo:

—Oh, pobrecillo. —Pero no contestó a mi pregunta.

Así que volví a preguntarle lo mismo, porque en una novela policíaca cuando alguien no quiere contestar a una pregunta es porque trata de guardar un secreto o trata de impedir que alguien se meta en líos, lo que significa que las respuestas a esas preguntas son las respuestas más importantes de todas, y por eso un detective tiene que presionar a esa persona.

Pero la señora Alexander siguió sin contestar. En lugar de eso me hizo una pregunta. Me dijo:

—¿Entonces no lo sabes?

Y yo dije:

—¿Qué es lo que no sé?

Ella respondió:

—Mira, Christopher, probablemente no debería decirte esto. —Entonces dijo—: Quizá podríamos dar un paseo juntos por el parque. Éste no es lugar para hablar de estas cosas.

Yo estaba nervioso. No conocía a la señora Alexander. Sabía que era una anciana y que le gustaban los perros. Pero era una extraña. Y yo nunca voy solo al parque porque es peligroso y la gente se inyecta drogas detrás de los lavabos públicos de la esquina. Quería irme a casa y subir a mi habitación y darle de comer a *Toby* y practicar un poco de matemáticas.

Pero también me sentía intrigado. Porque pensaba que a lo mejor me contaba un secreto. Y el secreto podía ser sobre quién había matado a *Wellington*. O sobre el señor Shears. Y si hacía eso a lo mejor conseguía más pruebas contra él, o conseguía *Excluirlo de Mis Investigaciones*.

Así que, como era un **Día Súper Bueno,** decidí entrar en el parque con la señora Alexander incluso aunque me diera miedo.

Cuando estábamos dentro del parque, la señora Alexander dejó de andar y dijo:

—Voy a decirte algo y tienes que prometerme que no le dirás a tu padre que te lo he contado.

—¿Por qué? —dije.

Y ella dijo:

—No debería haberte dicho lo que te he dicho. Y si no me explico seguirás preguntándote qué quería decir. Y es posible que se lo preguntes a tu padre. Y yo no quiero que lo hagas porque no quiero que le des un disgusto. Así que voy a explicarte por qué he dicho lo que he dicho. Pero antes de que lo haga tienes que prometerme que no le dirás a nadie que te lo he dicho.

—¿Por qué? —dije.

Y ella dijo:

—Christopher, por favor, tan sólo confía en mí.

Y yo dije:

—Lo prometo. —Porque si la señora Alexander me decía quién había matado a *Wellington*, o me contaba que el señor Shears había en efecto matado a Madre, todavía podría ir a contárselo a la policía porque a uno le está permitido romper una promesa si alguien ha cometido un crimen y sabes algo al respecto.

Y la señora Alexander dijo:

—Tu madre, antes de morir, era muy buena amiga del señor Shears.

Y yo dije:

—Ya lo sé.

Y ella dijo:

—No, Christopher. No estoy segura de que lo sepas. Quiero decir que eran muy buenos amigos. Muy, muy buenos amigos.

Pensé en eso un rato y dije:

—¿Se refiere a que tenían relaciones sexuales?

Y la señora Alexander dijo:

—Sí, Christopher. A eso me refiero.

Entonces no dijo nada más durante unos 30 segundos.

Entonces dijo:

—Lo siento, Christopher. De verdad que no pretendía decirte nada que te disgustase. Pero quería explicarme. Explicar por qué te he dicho lo que te he dicho. Verás, pensaba que lo sabías. Por eso tu padre cree que el señor Shears es un hombre malo. Y por eso no quiere que vayas por ahí hablándole a la gente del señor Shears. Porque eso le traería malos recuerdos.

Y yo dije:

—¿Por eso el señor Shears dejó a la señora Shears, porque estaba teniendo relaciones sexuales con alguien mientras estaba casado con la señora Shears?

Y la señora Alexander dijo:

—Sí, supongo que sí. —Entonces dijo—: Lo siento, Christopher. Lo siento de verdad.

Y yo dije:

—Creo que tengo que irme.

—¿Estás bien, Christopher? —dijo ella.

—Me da miedo estar en el parque con usted porque es una extraña —dije.

Y ella dijo:

—Yo no soy una extraña, Christopher, soy una amiga.

Y yo dije:

—Ahora me voy a casa.

Y ella dijo:

—Si quieres hablar sobre eso puedes venir a verme siempre que quieras. Sólo tienes que llamar a mi puerta.

Y yo dije:

—Vale.

Y ella dijo:

—¿Christopher?

Y yo dije:

—¿Qué?

—No le dirás nada a tu padre de esta conversación, ¿verdad? —dijo.

—No. Lo he prometido —dije yo.

Y ella dijo:

—Vete a casa. Y recuerda lo que te he dicho. Siempre que quieras.

Entonces me fui a casa.

101

El señor Jeavons decía que a mí me gustaban las matemáticas porque son seguras. Decía que me gustaban las matemáticas porque consisten en resolver problemas, y esos problemas son difíciles e interesantes, pero siempre hay una respuesta sencilla al final. Y lo que quería decir era que las matemáticas no son como la vida, porque al final en la vida no hay respuestas sencillas.

Eso es así porque el señor Jeavons no entiende los números.

He aquí una famosa historia llamada **El Problema de Monty Hall,** que he incluido en este libro porque ilustra lo que quiero decir.

Había una columna titulada *Pregúntale a Marilyn* en una revista llamada *Parade,* en Estados Unidos. Y esa columna la escribía Marilyn vos Savant y en la revista se decía que tenía el mayor coeficiente intelectual del mundo según el *Libro Guinness de los Récords.* En la columna respondía a preguntas sobre matemáticas enviadas por los lectores.

En septiembre de 1990 envió la siguiente pregunta Craig F. Whitaker, de Columbia, Maryland (pero no es lo que se llama una cita directa porque la he simplificado y la he hecho más fácil de entender).

Estás en un concurso en la televisión. En este concurso la idea es ganar como premio un coche. El locutor del programa te enseña tres puertas. Dice que hay un coche detrás de una de las puertas y que detrás de las otras dos hay cabras. Te pide que elijas una puerta. Tú eliges una puerta, que no se abre todavía. Entonces, el locutor abre una de las puertas que tú no has elegido y muestra una cabra (porque él sabe lo que hay detrás de las puertas). Entonces dice que tienes una última oportunidad de cambiar de opinión antes de que las puertas se abran y consigas un coche o una cabra. Te pregunta si quieres cambiar de idea y elegir la otra puerta sin abrir. ¿Qué debes hacer?

Marilyn vos Savant dijo que siempre debías cambiar y elegir la última puerta, porque las posibilidades de que hubiese un coche detrás de esa puerta eran de 2 sobre 3.

Pero si usas la intuición decides que las posibilidades son de 50 y 50, porque crees que hay igual número de posibilidades de que el coche esté detrás de cualquiera de las puertas.

Mucha gente escribió a la revista para decir que Marilyn vos Savant se equivocaba, incluso después de que ella explicara detalladamente por qué tenía razón. El 92 % de las cartas que recibió sobre el problema decían que estaba equivocada y muchas de esas cartas eran de matemáticos y científicos. He aquí algunas de las cosas que le dijeron

Me preocupa muchísimo la carencia de aptitudes matemáticas del público en general. Por favor, colabore usted confesando su error.
Robert Sachs, doctor por la Universidad George Mason

Ya hay suficiente analfabetismo matemático en este país, y no necesitamos que la persona con el mayor coeficiente intelectual del mundo vaya propagando más. ¡Qué vergüenza!

Scott Smith, doctor por la Universidad de Florida

Me horroriza que después de haber sido corregida por al menos tres matemáticos siga usted sin ver su equivocación.

Kent Ford, Universidad Estatal de Dickinson

Tengo la seguridad de que recibirá usted muchas cartas de estudiantes de instituto y universitarios. Quizá debería conservar unas cuantas direcciones para solicitar ayuda para futuras columnas.

W. Robert Smith, doctor por la Universidad Estatal de Georgia

Está usted completamente equivocada… ¿Cuántos matemáticos airados se precisan para hacerla cambiar de opinión?

E. Ray Bobo, doctor por la Universidad de Georgetown

Si todos esos eminentes doctores estuviesen equivocados, el país tendría problemas gravísimos.

Everett Harman, doctor por el Instituto de Investigación del Ejército de Estados Unidos

Pero Marilyn vos Savant tenía razón. Y he aquí 2 formas por las que puede demostrarse.

Primero puede hacerse mediante las matemáticas, así

Denominemos las puertas X, Y y Z.

Denominemos C_X el caso en el que el coche está detrás de la puerta X, y así sucesivamente.

Denominemos L_X el caso en el que el locutor abre la puerta X, y así sucesivamente.

Suponiendo que elijas la puerta X, la posibilidad de ganar el coche si cambias de puerta viene dada por la fórmula siguiente:

$$P(L_Z {}^\wedge C_Y) + P(L_Y {}^\wedge C_Z)$$
$$= P(C_Y).P(L_Z \mid C_Y) + P(C_Z).P(L_Y \mid C_Z)$$
$$= (^1/_3.1) + (^1/_3.1) = {}^2/_3$$

La segunda forma de deducirlo es haciendo un cuadro de todos los resultados posibles, así

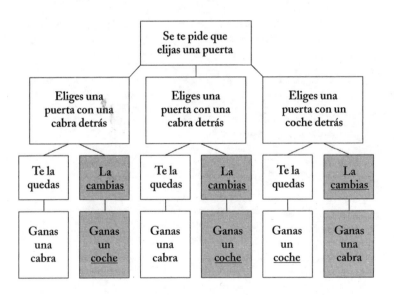

O sea que si cambias de puerta, 2 veces de 3 ganas el coche. Y si te quedas la puerta, sólo ganas el coche 1 vez de 3.

Esto demuestra que la intuición puede hacer a veces que nos equivoquemos. Y la intuición es lo que la gente utiliza en la vida para tomar decisiones. Pero la lógica puede ayudarte a deducir la respuesta correcta.

También demuestra que el señor Jeavons está equivocado y los números son a veces muy complicados y en absoluto sencillos. Y por eso a mí me gusta **El Problema de Monty Hall**.

103

Cuando llegué a casa, Rhodri estaba allí. Rhodri es el hombre que trabaja para Padre, lo ayuda con el mantenimiento de calefacciones y la reparación de calderas. A veces viene a casa por las tardes a beber cerveza con Padre y ver la televisión y conversar.

Rhodri llevaba un mono de trabajo blanco con marcas de suciedad por todas partes y tiene un anillo de oro en el dedo corazón de la mano izquierda y huele a algo cuyo nombre no conozco y a lo que Padre suele oler cuando vuelve a casa del trabajo.

Metí mis regalices y mi Milky Bar en mi caja especial de comida, que a Padre no se le permite tocar porque es mía.

Entonces Padre dijo:

—¿Dónde andabas, jovencito?

—He ido a la tienda a comprarme unos regalices y una Milky Bar —dije.

Y él me dijo:

—Has tardado mucho.

Y yo dije:

—He hablado con el perro de la señora Alexander fuera de la tienda. Y lo he acariciado y me ha olisqueado los pantalones. —Lo cual era otra mentira piadosa.

Entonces Rhodri me dijo:

—Vaya, por lo que veo, no te libras del tercer grado, ¿eh?

Pero yo no sabía qué era el tercer grado.

Y Rhodri me dijo:

—Bueno, ¿cómo te va, capitán?

Y yo dije:

—Me va muy bien, gracias —que es lo que se supone que tienes que decir.

Y él me dijo:

—¿Cuánto es 251 por 864?

Y yo lo pensé y contesté:

—216.864. —Porque era un cálculo realmente fácil, porque sólo hay que multiplicar **864 x 1.000** que da **864.000**. Entonces lo divides por 4 que da **216.000** y eso es **250 x 864**. Entonces sólo hay que sumarle otro **864** para conseguir **251 x 864**. Y eso da **216.864**.

Le pregunté:

—¿Es correcto?

Y Rhodri dijo:

—No tengo ni la más remota idea. —Y se rió.

No me gusta que Rhodri se ría de mí. Rhodri siempre se está riendo de mí. Padre dice que eso es ser simpático.

Entonces Padre dijo:

—Voy a ponerte uno de esos Gobi Aloo Sag en el horno, ¿quieres?

Eso es porque a mí me gusta la comida india, porque tiene un sabor fuerte. Pero la Gobi Aloo Sag es amarilla, así que le pongo colorante rojo para comida antes de comérmela. Y guardo un pequeño tarro de colorante en mi caja especial de comida.

Y yo dije:

—Vale.

Y Rhodri dijo:

—Bueno, así que parece que Parky les tendió una trampa, ¿no? —Pero eso se lo decía a Padre, no a mí.

Y Padre dijo:

—Bueno, esas placas base parecían recién salidas de la maldita Arca de Noé.

—¿Vas a decírselo? —preguntó Rhodri.

Y Padre dijo:

—¿Qué sentido tendría? No creo que vayan a llevarlo a juicio, ¿no crees?

Y Rhodri dijo:

—Cuando las ranas críen cola.

—Supongo que es mejor no darle más vueltas a la cosa —dijo Padre.

Entonces me fui al jardín.

Siobhan me dijo que cuando escribes un libro tienes que incluir algunas descripciones de cosas. Yo dije que podía coger fotografías y ponerlas en el libro. Pero ella me dijo que la idea de un libro es describir las cosas utilizando palabras, para que la gente que las lea pueda formarse una imagen en su mente.

Y me dijo que era mejor describir cosas que fuesen interesantes o diferentes.

También me dijo que debía describir a las personas en mi historia, pero mencionando un par de detalles sobre ellas, de forma que la gente pueda hacerse una imagen de ellas en la mente. Que es por lo que escribí sobre los zapatos del señor Jeavons con todos aquellos agujeros y sobre el policía que parecía tener dos ratones en la nariz y sobre que Rhodri oliese a algo que yo no sabía cómo se llamaba.

Así pues decidí hacer una descripción del jardín. Pero el jardín no era muy interesante o diferente. No era más que un jardín, con hierba y un cobertizo y un hilo de tender. Pero el cielo era interesante y diferente. Normalmente los cielos parecen aburridos porque son todos azules o todos grises o están cubiertos de un solo tipo de nubes y no parece que estén cientos de kilómetros por encima de tu cabeza. Parece que alguien los haya pintado en un techo enorme. Pero aquel cielo tenía montones de clases distintas de nubes a diferentes alturas, así que podías ver lo grande que era y eso hacía que pareciera inmenso.

Muy lejos, en el cielo, había montones de nubecillas blancas que parecían escamas de pez o dunas de arena de diseño muy regular.

Luego, más cerca y hacia el oeste había algunas nubes grandes que estaban ligeramente coloreadas de naranja porque era casi el atardecer y el sol estaba descendiendo.

Más cerca del suelo había una nube enorme de color gris, porque era una nube de lluvia. Era grande y puntiaguda y era así

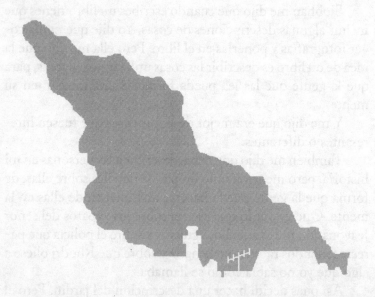

Después de mirarla durante mucho rato la vi moverse muy despacio y era como una nave espacial extraterrestre de cientos de kilómetros de largo, como en *Dune* o *Los 7 de Blake* o *Encuentros en la tercera fase*, sólo que no estaba hecha de un material sólido, estaba hecha de gotitas de vapor de agua condensado, que es de lo que están hechas las nubes.

Y podría haber sido una nave extraterrestre.

La gente cree que las naves espaciales extraterrestres son sólidas y están hechas de metal y tienen luces por todas partes y se mueven lentamente a través del cielo porque así es como construiríamos nosotros una nave espacial si fuésemos capaces de construir una tan grande. Pero los extraterrestres, si es que existen, son probablemente muy diferentes de nosotros. Podrían ser como grandes babosas, o ser planos como reflejos. O podrían ser grandes como planetas. O podrían no tener cuerpos en absoluto. Podrían ser tan sólo información, como en un ordenador. Y sus naves espaciales podrían ser como nubes, o estar hechas a base de objetos inconexos como polvo u hojas.

Entonces escuché los sonidos del jardín y oí cantar a un pájaro y oí ruido de tráfico que era como olas rompiendo en una playa y oí a alguien tocando un instrumento en alguna parte y a niños chillando. Y entre esos ruidos, si escuchaba muy atentamente y me quedaba completamente inmóvil, podía oír un ruidito que era como un silbido en mis oídos y el aire al entrar y salir de mi nariz.

Entonces olisqueé el aire para saber a qué olía el aire del jardín. Pero no logré oler nada. Olía a nada. Y eso era interesante también.

Entonces entré en la casa y le di de comer a *Toby*.

107

El perro de los Baskerville es mi libro favorito.

En *El perro de los Baskerville*, Sherlock Holmes y el doctor Watson reciben la visita de James Mortimer, que es un doctor de los páramos de Devon. El amigo de James Mortimer, sir Charles Baskerville, ha muerto de un ataque al corazón y James Mortimer cree que pueden haberlo matado de un susto. James Mortimer tiene también un antiguo pergamino que describe la maldición de los Baskerville.

En ese pergamino dice que sir Charles Baskerville tenía un antepasado llamado sir Hugo Baskerville que era un hombre feroz, irreverente e impío. Trató de tener relaciones sexuales con la hija de un vasallo, pero ella se escapó y él la persiguió a través de los páramos. Sus amigos, que eran unos parranderos temerarios, salieron también tras él.

Y cuando lo encontraron, la hija del vasallo había muerto de agotamiento y fatiga. Vieron una bestia enorme y negra, que tenía la forma de un perro de caza, pero que era mayor que cualquier perro en que un mortal hubiese posado jamás la mirada, y ese perro estaba desgarrándole la garganta a sir Hugo Baskerville. Y uno de los amigos se murió del susto aquella misma noche y los otros quedaron deshechos para el resto de sus vidas.

James Mortimer cree que el perro de los Baskerville pudo haber matado de miedo a sir Charles y le preocupa que su hijo y heredero, sir Henry Baskerville, esté en peligro cuando llegue a la mansión en Devon.

Así que Sherlock Holmes envía al doctor Watson a Devon con sir Henry Baskerville y James Mortimer. Y el doctor Watson trata de averiguar quién puede haber matado a sir Charles Baskerville. Y Sherlock Holmes dice que se quedará en Londres, pero viaja a Devon en secreto e investiga por su cuenta.

Y Sherlock Holmes descubre que a sir Charles lo mató un vecino llamado Stapleton que es un coleccionista de mariposas y un pariente lejano de los Baskerville. Stapleton es pobre, así que trata de matar a sir Henry Baskerville para heredar él la mansión.

Para lograrlo se ha comprado un perro enorme en Londres y lo ha cubierto de fósforo para que resplandezca en la oscuridad. Fue ese perro el que mató del susto a sir Charles Baskerville. Y Sherlock Holmes y Watson y Lestrade, de Scotland Yard, atrapan a Stapleton. Y Sherlock Holmes y Watson le disparan al perro, que es uno de los perros a los que matan en la historia, lo cual no es agradable porque no era culpa del perro. Y Stapleton escapa hacia Grimpen que es una parte del páramo y se muere porque se lo traga una ciénaga.

Hay partes de la historia que no me gustan. Una es el pergamino, porque está escrito en un lenguaje antiguo que me es difícil entender, como

Aprended pues de esta historia a no temer los frutos del pasado, sino más bien a mostraros circunspectos en el futuro, para que aquellas viles pasiones por las que nuestra familia tan gravemente ha padecido no vuelvan a desatarse jamás para conducirnos a la perdición.

Y a veces sir Arthur Conan Doyle (que es el autor) describe a la gente así

Había algo sutilmente erróneo en su rostro, cierta tosquedad en la expresión, cierta dureza, quizá en la mirada, cierta holgura en los labios que ajaba su perfecta belleza.

Y yo no sé qué significa que haya cierta dureza quizá en la mirada y a mí no me interesan los rostros.

Pero a veces es divertido no saber qué significan las palabras porque puedes buscarlas en un diccionario, como hondonada (que es una depresión profunda en el terreno) o altozano (que es un monte de poca altura sobre terreno llano).

Me gusta *El perro de los Baskerville* porque es una historia de detectives lo que significa que hay pistas y pistas falsas.

Éstas son algunas de las pistas

1. **Dos botas de sir Henry Baskerville desaparecen cuando está alojado en un hotel de Londres** – Eso significa que alguien quiere dárselas al Perro de los Baskerville para que las huela, como un sabueso, para así poder cazarlo. Eso significa que el Perro de los Baskerville no es un ser sobrenatural sino un perro real.

2. **Stapleton es la única persona que sabe cómo atravesar la ciénaga de Grimpen y le dice a Watson que no entre en ella por su propia seguridad** – Eso significa que está ocultando algo en medio de la ciénaga de Grimpen y que no quiere que nadie lo encuentre.

3. **La señora Stapleton le dice al doctor Watson que «Regrese directamente a Londres de inme-**

diato» – Eso es porque ella cree que el doctor Watson es sir Henry Baskerville y sabe que su marido quiere matarlo.

Y éstas son algunas de las pistas falsas

1. **Cuando Sherlock Holmes y Watson están en Londres son seguidos por un hombre en un carruaje con barba negra** – Eso te hace creer que el hombre es Barrymore, el mayordomo de la mansión Baskerville, porque es la única persona que tiene una barba negra. Pero el hombre es en realidad Stapleton, que lleva una barba falsa.

2. **Selden, el asesino de Notting Hill** – Ése es un hombre que ha escapado de una prisión cercana y al que persiguen por los páramos, lo que te hace pensar que tiene algo que ver con la historia, porque es un criminal, pero no tiene absolutamente nada que ver con la historia.

3. **El hombre en el Peñasco** – Es una silueta de un hombre que el doctor Watson ve en los páramos por la noche y que no reconoce, lo que te hace pensar que es el asesino. Pero es Sherlock Holmes que ha ido a Devon en secreto.

También me gusta *El perro de los Baskerville* porque me gusta Sherlock Holmes y creo que si yo fuese un detective como es debido es la clase de detective que sería. Es muy inteligente y resuelve el misterio y dice

El mundo está lleno de cosas obvias de las que nadie se da cuenta nunca ni de casualidad.

Pero él sí se da cuenta, como yo. En el libro también se dice

Sherlock Holmes tenía, en grado sumo, el poder de abstraer su mente a voluntad.

Y en eso es como yo, porque si una cosa me interesa de verdad, como hacer ejercicios de matemáticas o leer un libro sobre las misiones del Apolo, o los Tiburones Blancos, no me doy cuenta de nada más, y Padre puede estar llamándome para que vaya a cenar y yo no lo oigo. Y por eso soy muy bueno jugando al ajedrez, porque abstraigo mi mente a voluntad y me concentro en el tablero y al cabo de un rato la persona con la que estoy jugando deja de concentrarse y empieza a rascarse la nariz o a mirar por la ventana y entonces comete un error y le gano.

Además, el doctor Watson dice de Sherlock Holmes

[...] su mente [...] estaba ocupada en tratar por todos los medios de urdir un plan en que pudiese encajar todos aquellos episodios extraños y sin conexión aparente.

Y eso es lo que yo trato de hacer al escribir este libro.

Además, Sherlock Holmes no cree en lo sobrenatural, que es Dios y los cuentos de hadas y los Perros del Infierno y las maldiciones, que son cosas estúpidas.

Y voy a acabar este capítulo con dos hechos interesantes sobre Sherlock Holmes

1. En las historias originales de Sherlock Holmes, a Sherlock Holmes nunca se lo describe con una gorra de cazador, que es lo que siempre lleva en las fotos y en las historietas. La gorra de cazador se la inventó un hombre llamado Sidney Paget, que hizo las ilustraciones para los libros originales.

2. En las historias originales de Sherlock Holmes, Sherlock Holmes nunca dice: «Elemental, querido Watson.» Eso sólo lo dice en las películas y en la televisión.

109

Esa noche escribí un poco más de mi libro y a la mañana siguiente me lo llevé al colegio para que Siobhan pudiese leerlo y decirme si había cometido errores de ortografía y gramática.

Siobhan leyó el libro durante el recreo de la mañana, cuando se toma una taza de café y se sienta en un extremo del patio con los demás profesores. Después del recreo de la mañana vino a sentarse a mi lado y dijo que había leído la parte de mi conversación con la señora Alexander y me dijo:

—¿Le has hablado a tu padre de eso?

Y yo contesté:

—No.

Y ella dijo:

—¿Vas a hablarle a tu padre de eso?

Y yo dije:

—No.

Y ella dijo:

—Bien. Creo que es una buena idea, Christopher. —Y entonces dijo—: ¿Te sentiste triste al descubrirlo?

Y yo dije:

—¿Descubrir qué?

Y ella dijo:

—¿Te disgustaste al descubrir que tu madre y el señor Shears tuvieron una aventura?

—No —dije yo.

Y ella dijo:

—¿Me estás diciendo la verdad, Christopher?

—Yo siempre digo la verdad —dije yo entonces.

Y ella dijo:

—Ya sé que lo haces, Christopher. Pero a veces nos ponemos tristes por algo y no nos gusta decirles a los demás que estamos tristes por eso. Preferimos guardar el secreto. O a veces estamos tristes pero en realidad no sabemos que estamos tristes. Así que decimos que no estamos tristes. Pero en realidad lo estamos.

—Yo no estoy triste —dije.

Y ella dijo:

—Si esto te hiciera sentir triste, quiero que sepas que puedes venir a hablarme de ello. Porque creo que hablar conmigo te ayudará a sentirte menos triste. Y si no estás triste pero sencillamente quieres hablarme de ello, también me parecerá bien. ¿Lo comprendes?

Y yo dije:

—Sí, lo entiendo.

Y ella dijo:

—Bien.

—Pero no estoy triste —dije yo—. Porque Madre está muerta. Y porque el señor Shears ya no anda por aquí. O sea que estaría poniéndome triste por algo que no es real y no existe. Y eso sería estúpido.

Y entonces hice prácticas de matemáticas durante el resto de la mañana y a la hora de comer no me tomé la quiche porque era amarilla, pero sí me comí las zanahorias y los guisantes y un montón de ketchup. Y de postre me comí un poco de tarta de mora y manzana, pero no el glaseado porque era amarillo, y pedí a la señora Davis que me quitara el glaseado antes de servírmela en el plato porque no importa que las distintas clases de comida se toquen antes de llegar a tu plato.

Entonces, después de comer, me pasé la tarde haciendo plástica con la señora Peters y pinté algunos dibujos de extraterrestres que eran así

113

Mi memoria es como una película. Por eso soy realmente bueno a la hora de acordarme de cosas, como las conversaciones que he escrito en el libro, y lo que la gente llevaba y cómo olía, porque mi memoria tiene una banda olfativa que es como una banda sonora.

Y cuando la gente me pide que recuerde algo puedo apretar simplemente el **Rebobinar** y el **Avance Rápido** y la **Pausa** como en un aparato de vídeo, más bien como en un DVD porque no tengo que rebobinar todo lo que hay en medio para llegar a un recuerdo de algo que pasó hace mucho tiempo. Y no hay botones, además, porque está pasando en mi cabeza.

Si alguien me dice: «Christopher, cuéntame cómo era tu madre», puedo Rebobinar hasta montones de escenas distintas y decir cómo era ella en esas escenas.

Por ejemplo podría Rebobinar hasta el 4 de julio de 1992, cuando yo tenía 9 años, que era un sábado, y estábamos de vacaciones en Cornualles y por la tarde estuvimos en la playa en un sitio llamado Polperro. Y Madre llevaba unos pantalones cortos tejanos y la parte de arriba de un bikini azul claro y fumaba unos cigarrillos llamados Consulate que tenían sabor mentolado. Y no se bañaba. Madre tomaba el sol en una toalla de rayas rojas y moradas y leía un libro de

Georgette Heyer titulado *Los farsantes*. Y entonces acabó de tomar el sol y se metió en el agua para nadar y dijo: «Jolín, qué fría está la condenada.» Y dijo que yo debería meterme y nadar también, pero a mí no me gusta nadar porque no me gusta quitarme la ropa. Y ella dijo que tan sólo me arremangara los pantalones y me metiera un poquito en el agua, así que eso hice. Y me quedé ahí de pie en el agua. Y Madre dijo: «Mira. Es genial.» Y saltó hacia atrás y desapareció bajo el agua y yo pensé que un tiburón se la había comido y grité y ella salió otra vez del agua y se acercó a donde yo estaba y levantó la mano derecha y abrió los dedos en abanico y dijo: «Vamos, Christopher, tócame la mano. Venga ya. Deja de gritar. Tócame la mano. Escúchame, Christopher. Tú puedes.» Y al cabo de un rato dejé de gritar y levanté la mano izquierda y abrí los dedos en abanico e hicimos que nuestros dedos se tocaran, y Madre dijo: «Tranquilo, Christopher. Tranquilo. En Cornualles no hay tiburones», y entonces me sentí mejor.

Sólo que no puedo acordarme de nada de antes de que tuviera 4 años porque hasta entonces no miraba las cosas de la forma adecuada, así que no se grabaron como es debido.

Y así es como reconozco a alguien si no sé quién es. Veo qué lleva puesto, o si lleva un bastón, o si tiene el pelo raro, o cierta clase de gafas, o si tiene una forma particular de mover los brazos y hago una **Búsqueda** a través de mis recuerdos para ver si lo he visto antes.

Y también es mi manera de saber cómo reaccionar en las situaciones difíciles cuando no sé qué hacer.

Por ejemplo, si la gente dice cosas que para mí no tienen sentido, como «Estás como una verdadera cabra» o «Te estás quedando en los huesos», hago una **Búsqueda** y compruebo si he oído a alguien decir eso antes.

Y si alguien está tendido en el suelo en el colegio hago una **Búsqueda** a través de mis recuerdos para encontrar una imagen de alguien sufriendo un ataque de epilepsia y entonces comparo la imagen con lo que está pasando delante de mí para así poder decidir si tan sólo está tendido jugando, o echándose un sueñecito, o si es un ataque de epilepsia. Y si es un ataque de epilepsia, aparto todos los muebles para que el niño no se golpee la cabeza y me quito el jersey y se lo pongo debajo de la cabeza y voy a buscar a un profesor.

Hay otras personas que también tienen imágenes en la cabeza. Pero son diferentes porque las imágenes en mi cabeza son todas imágenes de cosas que pasaron realmente. Las otras personas tienen imágenes de cosas que no son reales y no pasaron.

Por ejemplo, Madre solía decir a veces: «De no haberme casado con tu padre, creo que viviría en una pequeña granja en el sur de Francia con alguien llamado Jean. Y él sería, por decir algo, el manitas de la zona. Ya sabes, pintaría y empapelaría, cuidaría jardines y construiría cercados. Y tendríamos una galería rodeada de higueras y habría un campo de girasoles al final del jardín y un pueblecito en la colina en la distancia y nos sentaríamos ahí fuera al atardecer a beber vino tinto y fumar cigarrillos Gauloises y a ver ponerse el sol.»

Y Siobhan me dijo una vez que cuando se sentía deprimida o triste cerraba los ojos y se imaginaba que estaba en una casa en Cape Cod con su amiga Elly, y que viajaban en un barco desde Provincetown, y salían a la bahía a ver las ballenas y que eso la hacía sentirse tranquila y en paz y feliz.

Y a veces, cuando alguien se ha muerto, como se murió Madre, la gente dice «¿Qué te gustaría decirle a tu madre si estuviese aquí ahora?» o «¿Qué iba a pensar tu madre de eso?», lo cual es una estupidez porque Madre está muerta y no puedes decirle nada a la gente muerta y la gente muerta no piensa.

Y la Abuela también tiene imágenes en la cabeza, pero sus imágenes son todas confusas, como si alguien hubiese hecho un lío con toda la película y ella no pudiese decir qué pasó y en qué orden, y piensa que la gente muerta aún está viva y no sabe si algo pasó en la vida real o si pasó en la televisión.

127

Cuando llegué a casa del colegio Padre aún estaba fuera trabajando, así que abrí la puerta principal y entré y me quité el abrigo. Fui a la cocina y dejé mis cosas sobre la mesa. Una de las cosas era este libro que me había llevado al colegio para enseñárselo a Siobhan. Me preparé un batido de frambuesa y lo calenté en el microondas y entonces me fui a la sala de estar a ver mis vídeos de *El planeta azul* sobre la vida en las partes más profundas del océano.

El vídeo era sobre las criaturas marinas que viven alrededor de las chimeneas sulfúreas, que son volcanes submarinos por los que los gases de la corteza terrestre son expulsados hacia el agua. Los científicos no esperaban que hubiese ningún organismo vivo allí porque es un entorno tan caluroso y tan tóxico, pero hay ecosistemas enteros.

Me gusta esa parte porque demuestra que siempre hay algo nuevo que la ciencia puede descubrir, y que todos los hechos que dabas por sentado pueden estar completamente equivocados. Y también me gusta que filmen en un sitio al que es más difícil llegar que a la cima del monte Everest, pero que está a sólo unas millas bajo el nivel del mar. Y es uno de los sitios más tranquilos y oscuros y secretos de la Tierra. Y a veces me gusta imaginar que estoy allí, en un sumergible esférico de metal con ventanas de 30 centímetros de grosor para impedir que implosionen por la presión. E imagino que soy la única persona dentro de él, y que no está conectado a un barco ni nada, sino que funciona con su propia energía y yo controlo los motores y me muevo por donde yo quiero en el lecho marino, y que nunca podrán encontrarme.

Padre llegó a casa a las 17.48. Lo oí entrar por la puerta principal. Luego entró en la salita de estar. Llevaba una camisa a cuadros verde lima y azul cielo, y un doble lazo en uno de sus zapatos pero no en el otro. Llevaba un viejo anuncio de Leche en Polvo Fussell que estaba hecho de metal y pintado con esmalte azul y blanco y cubierto de pequeños círculos de óxido que eran como agujeros de bala, pero no explicó por qué lo llevaba. Me dijo:

—Hola, socio —que es un pequeño chiste suyo.

Y yo dije:

—Hola.

Seguí viendo el vídeo y Padre entró en la cocina.

Había olvidado que había dejado mi libro en la mesa de la cocina porque estaba demasiado interesado en el vídeo de *El planeta azul*. Eso es lo que se llama *Bajar la Guardia*, y es lo que nunca debes hacer si eres detective.

Eran las 17.54 de la tarde cuando Padre volvió a entrar en la sala de estar. Dijo:

—¿Qué es esto? —Pero lo dijo en voz muy baja y no me di cuenta de que estaba enfadado porque no estaba gritando.

Sostenía el libro en la mano derecha.

Yo dije:

—Es un libro que estoy escribiendo.

Y él dijo:

—¿Es verdad esto? ¿Has hablado con la señora Alexander? —Eso también lo dijo en voz muy baja, y yo seguía sin entender que estaba enfadado.

—Sí —dije.

Entonces él dijo:

—Me cago en la puta, Christopher. ¿Eres estúpido o qué?

Eso es lo que Siobhan llama pregunta retórica. Lleva signos de interrogación, pero no se supone que tengas que contestarla porque la persona que pregunta ya sabe la respuesta. Es difícil detectar una pregunta retórica.

Entonces Padre dijo:

—¿Qué coño te dije, Christopher? —Eso lo dijo mucho más alto.

Y yo contesté:

—Que no mencionara el nombre del señor Shears en esta casa. Y que no fuera a preguntarle a la señora Shears ni a nadie más quién mató al maldito perro. Y que no entrara sin autorización en los jardines de otras personas. Y que dejara este ridículo juego del detective. Sólo que yo no he hecho ninguna de esas cosas. Sólo le pregunté a la señora Alexander sobre el señor Shears porque…

Pero Padre me interrumpió y me dijo:

—No me vengas con gilipolleces. Sabías exactamente lo que hacías, joder. He leído el libro, ¿recuerdas? —Dijo esto sosteniendo en alto el libro—. ¿Qué más te dije, Christopher?

Pensé que a lo mejor ésa era otra pregunta retórica, pero no estaba seguro. Se me hacía difícil pensar en qué decir porque empezaba a sentirme asustado y confuso.

Entonces Padre repitió la pregunta.

—¿Qué más te dije, Christopher?

—No lo sé —dije.

Y él dijo:

—Vamos. Tú eres don buena memoria, ¿no?

Pero yo no podía pensar. Y Padre dijo:

—Que no fueras por ahí metiendo tus jodidas narices en los asuntos de los demás. ¿Y qué haces tú? Vas y metes las narices en los asuntos de los demás. Vas por ahí desenterrando el pasado y compartiéndolo con cada Fulano y Mengano con que te encuentras. ¿Qué voy a hacer contigo, Christopher? ¿Qué coño voy a hacer contigo?

—Sólo estuve charlando con la señora Alexander —dije yo—. No estuve investigando.

Y él dijo:

—Te pido que hagas una cosa por mí, Christopher. Una sola cosa.

Y yo dije:

—Yo no quería hablar con la señora Alexander. Fue la señora Alexander quien…

Pero Padre me interrumpió y me agarró muy fuerte del brazo.

Padre nunca me había agarrado de esa manera. Madre me había pegado algunas veces porque era una persona muy irascible, lo que significa que se enfadaba más rápido que otras personas y gritaba más a menudo. Pero Padre es una persona más equilibrada, lo que significa que no se enfada tan rápido y no grita tan a menudo. Así que me sorprendió mucho que me agarrara.

No me gusta que la gente me agarre. Y tampoco me gusta que me sorprendan. Así que le pegué, como pegué al policía cuando me agarró de los brazos y me hizo ponerme de pie. Pero Padre no me soltó, y gritaba. Y yo volví a pegarle. Y entonces ya no supe qué hacía.

Durante un rato no tuve ningún recuerdo. Sé que fue poco porque después consulté mi reloj. Fue como si alguien me hubiese apagado para luego volver a encenderme. Y cuando volvieron a encenderme estaba sentado en la alfombra con la espalda contra la pared y tenía sangre en la mano derecha y me dolía un lado de la cabeza. Padre estaba de pie en la alfombra a un metro delante de mí, mirándome, y todavía sostenía mi libro en la mano derecha, pero estaba doblado por la mitad y con todos los bordes arrugados, y él tenía un arañazo en el cuello y un gran desgarrón en la manga de su camisa a cuadros verdes y azules y su respiración era realmente profunda.

Al cabo de más o menos un minuto, se dio la vuelta y entró en la cocina. Entonces abrió la puerta que da al jardín y salió. Oí que levantaba la tapa del cubo de basura y tiraba algo y volvía a ponerle la tapa al cubo. Entonces volvió a entrar en la cocina, pero ya no llevaba el libro. Cerró otra vez la puerta de atrás con llave y metió la llave en la jarrita de cerámica con forma de monja gorda y se quedó de pie en el centro de la cocina y cerró los ojos.

Entonces abrió los ojos y dijo:

—Joder, necesito beber algo.

Y cogió una lata de cerveza.

131

Éstas son algunas de las razones por las que no me gustan el amarillo y el marrón.

<u>AMARILLO</u>
1. Natillas
2. **Plátanos** (los plátanos, además, se vuelven marrones)
3. **Doble línea continua amarilla**
4. **Fiebre amarilla** (que es una enfermedad de América tropical y África occidental que provoca fiebre alta, nefritis aguda, ictericia y hemorragias, y la provoca un virus transmitido por la picadura de un mosquito llamado *Aëdes aegypti*, al que solía llamarse *Stegomyia fasciata*; y nefritis es la inflamación de los riñones)
5. **Flores amarillas** (porque a mí me da fiebre del heno el polen de las flores, que es uno de los tres tipos de fiebre del heno, y los otros los provocan el polen de la hierba y el polen de los hongos, y me pongo muy enfermo)
6. **Maíz dulce** (porque vuelve a salir en tu caca, y no lo digieres, o sea que en realidad no tendrías que comértelo, como la hierba o las hojas)

MARRÓN

1. **Barro**
2. **Salsa de carne**
3. **Caca**
4. **Madera** (porque antes se construían máquinas y vehículos de madera, pero ya no porque la madera se rompe y se pudre, y a veces tiene gusanos, y ahora se hacen máquinas y vehículos de metal y de plástico, que son mucho mejores y más modernos)
5. **Melissa Brown** (que es una niña del colegio, que en realidad no es marrón como Anil o Mohammed, es sólo su apellido, que quiere decir marrón. Pero una vez me rompió en pedazos mi gran dibujo del astronauta y yo lo tiré, incluso después de que la señora Peters me lo pegara otra vez con cinta adhesiva, porque se veía roto)

La señora Forbes dijo que eso de odiar el amarillo y el marrón son tonterías. Y Siobhan le dijo que no debería decir cosas como ésa y que todo el mundo tiene colores favoritos. Y Siobhan tenía razón. Pero la señora Forbes también tenía un poquito de razón. Sí que es algo un poco tonto. En la vida tienes que tomar montones de decisiones, y si no tomaras decisiones, nunca harías nada, porque te pasarías todo el tiempo eligiendo entre las cosas que hacer. O sea, que es bueno tener una razón por la que odias unas cosas y te gustan otras. Es como ir a un restaurante, como cuando Padre me lleva al Berni Inn y miras el menú y tienes que elegir lo que vas a tomar. Pero no sabes si algo te va a gustar porque todavía no lo has probado, así que tienes comidas favoritas y eliges ésas, y tienes comidas que no te gustan y ésas no las eliges, y así es simple.

137

Al día siguiente, Padre dijo que sentía haberme pegado y que no había sido su intención hacerlo. Me hizo limpiarme el corte en la mejilla con Dettol para asegurarse de que no se infectara, y luego me hizo ponerme una tirita encima para que no sangrara.

Entonces, como era sábado, dijo que iba a llevarme de excursión para demostrarme que de verdad lo sentía, y que íbamos al Zoo de Twycross. Así que me preparó unos bocadillos con pan blanco y tomates y lechuga y jamón y mermelada de fresa para mí, porque no me gusta la comida de los sitios que no conozco. Y dijo que estaría bien, porque no habría demasiada gente en el zoo porque estaba nublado y a punto de llover, y yo me alegré de eso porque no me gustan las multitudes y me gusta que llueva.

Así que fui a buscar mi impermeable, que es de color naranja.

Entonces fuimos en coche hasta el Zoo de Twycross.

Yo nunca había estado en el Zoo de Twycross, o sea que no tenía una imagen de él en mi mente, así que al llegar compramos una guía en el centro de información y recorrimos el zoológico entero y yo decidí cuáles eran mis animales favoritos.

Mis animales favoritos eran

1. RANDYMAN, que es el nombre del **Mono Araña Cara Roja** *(Ateles paniscus paniscus)* más viejo que se ha criado nunca en cautividad. *Randyman* tiene 44 años, que es la misma edad que tiene Padre. Antes era la mascota de un barco y llevaba una banda metálica alrededor del vientre, como en un cuento de piratas.
2. LOS LEONES MARINOS DE LA PATAGONIA que se llaman *Miracle* y *Star*.
3. MALIKU, que es un **Orangután**. Me gustó especialmente porque estaba tumbado en una hamaca hecha con unos pantalones de pijama a rayas verdes y en el letrero de plástico azul junto a la jaula decía que se había hecho la hamaca él mismo.

Entonces fuimos a la cafetería y Padre tomó platija con patatas y pastel de manzana y helado y un tazón de té Earl Grey y yo me comí mis bocadillos y leí la guía del zoo. Y Padre dijo:

—Te quiero mucho, Christopher. No lo olvides nunca. Sé que alguna que otra vez pierdo los estribos. Sé que me enfado. Y que te grito. Y sé que no debería hacerlo. Pero sólo lo hago porque me preocupo por ti, porque no quiero verte metiéndote en líos, porque no quiero que te hagan daño. ¿Entiendes lo que te digo?

Yo no sabía si lo entendía. Así que dije:

—No lo sé.

Y Padre dijo:

—Christopher, ¿entiendes que te quiero?

Y yo dije que sí, porque querer a alguien es ayudarlo cuando se mete en líos, y cuidar de él, y decirle la verdad, y Padre me ayuda cuando me meto en líos, como cuando vino a la comisaría, y cuida de mí cuando me prepara la comida, y siempre me dice la verdad, lo que significa que me quiere.

Y entonces levantó la mano derecha y abrió los dedos en abanico y yo levanté mi mano izquierda y abrí los dedos en abanico e hicimos que nuestros dedos se tocaran.

Entonces yo saqué un pedazo de papel de mi bolsa y dibujé un mapa del zoológico de memoria a modo de prueba. El mapa era así

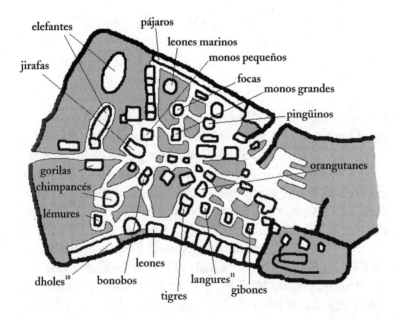

Entonces fuimos a ver las jirafas. El olor de su caca era como el olor de la jaula de los jerbos en el colegio cuando teníamos jerbos, y cuando corrían sus patas eran tan largas que parecía que estuviesen corriendo a cámara lenta.

Entonces Padre dijo que teníamos que volver a casa antes de que hubiese mucho tráfico en la carretera.

---

10. El Dhole es el *Perro Salvaje de la India* y se parece a un zorro.
11. Langur es el *Mono Entellus*.

139

Me gusta Sherlock Holmes, pero no me gusta sir Arthur Conan Doyle, que es el autor de las historias de Sherlock Holmes. Es porque no era como Sherlock Holmes y creía en lo sobrenatural. Cuando se volvió viejo se hizo miembro de la Sociedad Espiritista, lo que significa que creía que uno puede comunicarse con los muertos. Eso fue porque su hijo murió de gripe durante la Primera Guerra Mundial y quería hablar con él.

En 1917 pasó algo famoso llamado **El caso de las hadas de Cottingley.** 2 primas llamadas Frances Griffiths, que tenía 9 años, y Elsie Wright, que tenía 16 años, dijeron que solían jugar con hadas junto a un arroyo llamado Cottingley Beck y usaron la cámara del padre de Frances para tomar 5 fotografías de las hadas como ésta

Pero no eran hadas de verdad. Eran dibujos sobre pedazos de papel que recortaron y sujetaron con alfileres, porque Elsie era una artista realmente buena.

Harold Snelling, que era un experto en fotografía falsificada, dijo

Esas figuras danzantes no están hechas de papel o de tela; no están pintadas sobre un fondo fotográfico… pero lo que más me desconcierta es que todas esas figuras se han movido durante la exposición.

Pero se estaba comportando como un estúpido, porque el papel sí se habría movido durante la exposición, y la exposición era muy larga, porque en la fotografía se ve una pequeña cascada al fondo y está borrosa.

Entonces sir Arthur Conan Doyle oyó hablar de las fotos y dijo que creía que eran reales en un artículo en una revista llamada *The Strand.* Pero él también se estaba comportando como un estúpido, porque si miras las fotografías ves que las hadas tienen exactamente el mismo aspecto que las hadas de los libros viejos, y tienen alas y vestidos y medias y zapatos, que es como si unos extraterrestres aterrizaran en la Tierra y fueran como Daleks de *Doctor Who* o soldados imperiales de la Estrella de la Muerte en *La guerra de las galaxias* o pequeños hombres verdes como los de los dibujos animados de extraterrestres.

En 1981, un hombre llamado Joe Cooper entrevistó a Elsie Wright y Frances Griffiths para un artículo en *The Unexplained,* una revista sobre sucesos inexplicables, y Elsie Wright dijo que las 5 fotografías habían sido falsificadas y Frances Griffiths dijo que 4 habían sido falsificadas pero que una era real. Y dijeron que Elsie había dibujado las hadas basándose en un libro llamado *Princess Mary's Gift Book* de Arthur Shepperson.

Y eso demuestra que a veces la gente quiere comportarse de manera estúpida y no quiere saber la verdad.

Y demuestra que algo llamado la navaja de Occam es cierto. Y la navaja de Occam no es una navaja con la que los hombres se afeitan sino una ley, y dice

Entia non sunt multiplicanda praeter necessitatem.

Que es latín y significa

No ha de presumirse la existencia de más cosas que las absolutamente necesarias.

Lo que significa que a una víctima de asesinato la mata habitualmente alguien conocido y que las hadas están hechas de papel y que uno no puede hablar con alguien que está muerto.

149

Cuando fui al colegio el lunes, Siobhan me preguntó por qué tenía un moretón en un lado de la cara. Dije que Padre estaba enfadado y me había agarrado, así que yo le había pegado y entonces habíamos tenido una pelea. Siobhan preguntó si Padre me había pegado y yo le dije que no lo sabía porque me había alterado mucho y eso había hecho que mi memoria funcionara raro. Y entonces me preguntó si Padre me había pegado porque estaba enfadado. Y yo dije que no me había pegado, que me había agarrado, pero que estaba enfadado. Y Siobhan preguntó si me había agarrado con fuerza, y yo dije que sí me había agarrado con fuerza. Y Siobhan me preguntó si me daba miedo volver a casa, y yo dije que no. Y entonces me preguntó si quería hablar más de ello, y yo dije que no quería. Y entonces ella dijo:

—Vale. —Y no hablamos más sobre ello, porque cuando estás enfadado está bien agarrar del brazo o del hombro, pero no del pelo o de la cara. Pegar no está permitido, excepto si ya estás en una pelea con alguien y entonces no está tan mal.

Cuando llegué a casa del colegio Padre aún estaba en el trabajo o sea que entré en la cocina y cogí la llave de la jarrita de cerámica con forma de monja y abrí la puerta trasera y salí y miré en el cubo de basura para encontrar mi libro.

Quería recuperar mi libro porque me gustaba escribirlo. Me gustaba tener un proyecto en marcha y me gustaba especialmente que fuera un proyecto difícil como un libro. Además todavía no sabía quién había matado a *Wellington* y en mi libro era donde había conservado todas las pistas que había descubierto y no quería que las tirasen.

Pero mi libro no estaba en el cubo de basura.

Volví a ponerle la tapa al cubo de basura y anduve por el jardín para echar un vistazo en el cubo en que Padre tira los desperdicios del jardín, como la hierba cortada y las manzanas que han caído de los árboles, pero mi libro tampoco estaba allí.

Me pregunté si Padre lo habría metido en su furgoneta para llevarlo al vertedero y tirarlo a uno de los grandes cubos que hay allí, pero no quería que eso fuese verdad porque entonces nunca volvería a verlo.

Otra posibilidad era que Padre hubiese escondido mi libro en algún sitio de la casa. Así que decidí hacer un poco de detective y ver si podía encontrarlo. Tendría que estar escuchando muy atentamente todo el rato para oír su furgoneta cuando aparcase delante de la casa, y no me pillara haciendo de detective.

Empecé mirando en la cocina. Mi libro medía aproximadamente **25 cm x 35 cm x 1 cm** así que no podía esconderse en un sitio muy pequeño, lo que significaba que no tenía que mirar en sitios realmente pequeños. Miré encima de los armarios y en el fondo de los cajones y debajo del horno y usé mi linterna especial Maglite y un trozo de espejo del lavadero para ayudarme a ver en los espacios oscuros detrás de los armarios donde los ratones solían meterse desde el jardín a tener sus bebés.

Entonces investigué en el lavadero.

Entonces investigué en el comedor.

Entonces investigué en la sala de estar donde encontré la rueda perdida de mi maqueta Airfix del Messerschmitt Bf 109 G-6 debajo del sofá.

Entonces me pareció oír a Padre entrar por la puerta principal y di un brinco y traté de ponerme de pie muy rápido y me golpeé la rodilla con la esquina de la mesa de centro y me dolió un montón, pero no fue más que uno de esa gente de la droga de la puerta de al lado que había dejado caer algo al suelo.

Entonces fui al piso de arriba, pero no investigué nada en mi propia habitación porque deduje que Padre no me ocultaría algo en mi propia habitación a menos que estuviera siendo muy astuto y haciendo eso que se llama *Doble Farol*, como en una verdadera novela policíaca, así que decidí mirar en mi propia habitación sólo si no conseguía encontrar el libro en ningún otro sitio.

Investigué en el baño, pero el único sitio donde mirar era en el armario del calentador de agua y ahí no había nada.

Lo que significaba que la única habitación que me quedaba era el dormitorio de Padre. No sabía si debía mirar allí, porque me había dicho antes que no anduviese toqueteando nada en su habitación. Pero si iba a ocultarme algo, el mejor sitio para ocultarlo sería su habitación.

Así que me dije que no toquetearía cosas en su habitación. Las movería y luego volvería a colocarlas. Y él nunca sabría que lo había hecho, o sea que no se enfadaría.

Empecé por mirar debajo de la cama. Había 7 zapatos y un peine con un montón de pelos en él y un pedazo de tubo de cobre y una galleta de chocolate y una revista porno llamada *Fiesta* y una abeja muerta y una corbata con dibujos de Homer Simpson y una cuchara de madera, pero mi libro no estaba.

Entonces miré en los cajones a cada lado del tocador, pero sólo contenían aspirinas y cortaúñas y pilas e hilo dental y un tampón y pañuelos de papel y un diente falso de recambio en caso de que Padre perdiera el diente falso que llevaba para llenar el hueco que le dejó un diente cuando se cayó de la escalera cuando colocaba una casita para pájaros en el jardín, pero mi libro tampoco estaba allí.

Entonces miré en su armario ropero. Estaba lleno de perchas con su ropa. También había un pequeño estante en lo alto cuyo contenido podía ver si me subía a la cama, pero tuve que quitarme los zapatos, no fuera a dejar una huella de suciedad que sería una pista si Padre decidía investigar un poco. Pero las únicas cosas que había en el estante eran más revistas porno y una tostadora rota y 12 perchas de alambre y un viejo secador de pelo que pertenecía a Madre.

Al fondo del armario había una gran caja de herramientas de plástico que estaba llena de herramientas para el Hágalo Usted Mismo, un taladro y una brocha y varios destornilladores y un martillo, pero vi todo eso sin abrir la caja porque estaba hecha de plástico gris transparente.

Entonces vi que había otra caja debajo de la de herramientas, así que levanté la caja de herramientas y la saqué del armario. La otra caja era una vieja caja de cartón de esas con las que se empaquetaban las camisas. Y cuando abrí la caja de camisas vi que mi libro estaba dentro.

Entonces no supe qué hacer.

Estaba contento porque Padre no había tirado mi libro. Pero si me llevaba el libro él sabría que había estado toqueteando cosas en su habitación y se enfadaría muchísimo y yo le había prometido no andar toqueteando cosas en su habitación.

Entonces oí que su furgoneta se paraba delante de la casa y supe que tenía que pensar rápido y ser listo. Así que decidí que dejaría el libro donde estaba porque deduje que Padre no iba a tirarlo si lo había metido en la caja de camisas y yo podía seguir escribiendo en otro libro que mantendría en secreto de verdad y entonces, quizá más tarde, a lo mejor cambiaba de opinión y me dejaba volver a tener el primer libro y yo podría copiar el nuevo libro en él. Y si nunca me lo devolvía yo sería capaz de recordar la mayor parte de lo que había escrito, de manera que lo pondría todo en el segundo libro secreto y si había algún trozo que quisiera comprobar para asegurarme de haberlo recordado correctamente, entraría en su habitación cuando él no estuviera y lo comprobaría.

Entonces oí que Padre cerraba la puerta de la furgoneta.

Y fue entonces cuando vi el sobre.

Era un sobre dirigido a mí y estaba debajo de mi libro, en la caja de camisas, con algunos sobres más. Lo cogí. Nunca lo habían abierto. Decía

Christopher Boone
36 Randolph Street
Swindon
Wiltshire

Entonces me di cuenta de que había un montón de sobres más y que todos iban dirigidos a mí. Y eso era interesante y me confundía.

Y entonces me di cuenta de cómo estaban escritas las palabras Christopher y Swindon. Estaban escritas así

Sólo conozco 3 personas que hacen pequeños círculos en lugar de puntitos sobre la letra *i*. Y una de ellas es Siobhan, y una de ellas era el señor Loxely, que solía dar clases en el colegio, y una de ellas era Madre.

Y entonces oí que Padre abría la puerta de entrada, así que cogí un sobre de debajo del libro, volví a ponerle la tapa a la caja de camisas y volví a poner la caja de herramientas encima de ella y cerré la puerta del armario con muchísimo cuidado.

Entonces Padre llamó:

—¿Christopher?

No dije nada porque oiría desde dónde le hablaba yo. Me levanté y rodeé la cama hasta la puerta, sujetando el sobre y tratando de hacer el menor ruido posible.

Padre estaba al pie de las escaleras y pensé que tal vez me vería, pero estaba hojeando el correo que había llegado aquella mañana o sea que su cabeza miraba hacia abajo. Entonces se alejó del pie de las escaleras hacia la cocina y yo cerré con mucha suavidad la puerta de su habitación y entré en mi habitación.

Quería mirar el sobre, pero no quería hacer enfadar a Padre, así que escondí el sobre debajo de mi colchón. Entonces bajé y le dije hola a Padre. Y él me dijo:

—Bueno, ¿qué has hecho hoy, jovencito?

Y yo dije:

—Hoy hemos hecho *Cómo Desenvolverse en la Vida Diaria* con la señora Gray. Lo que significa *Utilizar Dinero* y el *Transporte Público*. Y he tomado sopa de tomate para comer, y 3 manzanas. Y he practicado un poco de matemáticas por la tarde y hemos ido a dar un paseo por el parque con la señora Peters y hemos recogido hojas para hacer un collage.

Y padre dijo:

—Estupendo, estupendo. ¿Qué te apetece echarte hoy entre pecho y espalda?

Echarse algo entre pecho y espalda es comer.

Dije que quería alubias y brócoli. Y Padre dijo:

—Creo que eso puede arreglarse fácilmente.

Entonces me senté en el sofá y leí un poco más del libro que estaba leyendo, que se llamaba *Caos*, de James Gleick.

Entonces entré en la cocina y me tomé las alubias y el brócoli mientras Padre se tomaba salchichas y huevos y pan frito y una taza de té. Entonces Padre dijo:

—Voy a poner esas estanterías en la sala, si te parece bien. Me temo que armaré un poco de jaleo, así que si quieres ver la televisión vamos a tener que llevarla arriba.

Y yo dije:

—Me iré a mi habitación a estar solo.

Y él dijo:

—Buen chico.

Y yo dije:

—Gracias por la cena —porque eso es ser educado.

—No hay problema, chaval —dijo él.

Y subí a mi habitación.

Y cuando estaba en mi habitación cerré la puerta y saqué el sobre de debajo del colchón. Levanté la carta a la luz para ver si podía detectar qué había dentro del sobre, pero el papel del sobre era demasiado grueso. Me pregunté si debía abrir el sobre, porque era algo que había cogido de la habitación de Padre. Pero entonces pensé que iba dirigido a mí, así que me pertenecía, o sea que abrirlo estaba bien.

Así que abrí el sobre.

Dentro había una carta.

Y esto es lo que estaba escrito en la carta

451c Chapter Road
Willesden
Londres NW2 5NG
0208 887 8907

Querido Christopher:
Siento que haya pasado tanto tiempo desde que te escribí mi última carta. He estado muy ocupada. Tengo un empleo nuevo de secretaria para una fábrica que hace cosas de acero. Te gustaría un montón. La fábrica está llena de máquinas enormes que hacen el acero y lo cortan o doblan para que tenga las formas que necesitan. Esta semana están haciendo el techo para una cafetería de un centro comercial en Birmingham. Tiene la

127

forma de una flor gigantesca y van a cubrirlo con una lona para que parezca una enorme tienda.

Además nos hemos mudado al fin al piso nuevo, como podrás ver por la dirección. No es tan bonito como el de antes y a mí no me gusta mucho Willesden, pero a Roger le es más fácil llegar al trabajo y lo ha comprado (el otro sólo era de alquiler), así que podemos conseguirnos nuestros propios muebles y pintar las paredes del color que queramos.

Y por eso ha pasado tanto tiempo desde mi última carta, porque nos ha dado mucho trabajo lo de embalar todas nuestras cosas para luego desembalarlas otra vez y me ha sido duro acostumbrarme al nuevo empleo.

Ahora estoy muy cansada y tengo que irme a dormir y quiero echar esta carta al buzón mañana por la mañana, así que voy a firmar ya y te enviaré otra carta muy pronto.

Aún no me has escrito, así que sé que probablemente aún estás enfadado conmigo. Lo siento, Christopher. Pero todavía te quiero. Espero que no estés enfadado conmigo para siempre. Y me encantaría que fueras capaz de escribirme una carta (¡pero no olvides enviarla a la nueva dirección!).

Pienso en ti constantemente.

Con todo mi cariño,

Tu mamá
XXXXX

Entonces me sentí realmente confuso porque Madre nunca había trabajado de secretaria para una empresa que hiciera cosas de acero. Madre trabajaba de secretaria en un gran garaje en el centro de la ciudad. Y Madre nunca había vivido en Londres. Madre siempre había vivido con nosotros. Y Madre nunca me había escrito una carta.

No había fecha en la carta, o sea que no podía deducir cuándo había escrito Madre la carta y me pregunté si alguna otra persona la habría escrito y fingido que era Madre.

Y entonces miré en la parte de delante del sobre y vi que había un matasellos y había una fecha en el matasellos y era bastante difícil de leer, pero decía

Lo que significaba que la carta se había echado al correo el 16 de octubre de 1997, que era 18 meses después de que Madre muriese.

Y entonces la puerta de mi habitación se abrió y Padre dijo:

—¿Qué haces?

—Estoy leyendo una carta —dije.

Y él dijo:

—Ya he acabado de taladrar. En la tele están dando ese programa de David Attenborough sobre la naturaleza, si te interesa.

Yo dije:

—Vale.

Entonces volvió a irse al piso de abajo.

Miré la carta y pensé muchísimo. Era un misterio que no conseguía resolver. A lo mejor la carta estaba en el sobre equivocado y se había escrito antes de que Madre muriese. Pero ¿por qué escribía desde Londres? La vez que más tiempo había estado fuera fue una semana cuando había ido a visitar a su prima Ruth, que tenía cáncer, pero Ruth vivía en Manchester.

Y entonces pensé que quizá no era una carta de Madre. Quizá era una carta dirigida a una persona llamada Christopher, de la madre de ese Christopher.

Estaba emocionado. Cuando empecé a escribir el libro sólo había un misterio que resolver. Ahora había dos.

Decidí que no pensaría más en ello aquella noche porque no tenía la información suficiente y podía *Llegar a Conclusiones Erróneas* fácilmente, como el señor Athelney Jones de Scotland Yard, que es algo peligroso porque uno debería estar seguro de tener todas las pruebas disponibles antes de empezar a deducir cosas. De esa manera, es mucho menos probable que cometas un error.

Decidí esperar a que Padre estuviera fuera de la casa. Entonces iría al armario de su habitación y miraría las otras cartas y vería de quién eran y qué decían.

Doblé la carta y la escondí debajo del colchón por si Padre la encontraba y se enfadaba. Entonces me fui al piso de abajo a ver la televisión.

151

Muchas cosas son misterios. Pero eso no significa que no tengan una respuesta. Es sólo que los científicos no han encontrado aún la respuesta.

Por ejemplo, hay gente que cree en los fantasmas de personas que han vuelto de entre los muertos. Y el tío Terry dijo que vio un fantasma en una zapatería en un centro comercial de Northampton porque bajaba hacia el sótano cuando vio pasar a alguien vestido de gris al pie de las escaleras. Pero cuando llegó al pie de las escaleras el sótano estaba vacío y no había puertas.

Cuando se lo contó a la señora de la caja en el piso de arriba le dijo que se llamaba Tuck y que era el fantasma de un monje franciscano que solía vivir en el monasterio que estaba en el mismo solar cientos de años atrás, que era por lo que el centro comercial se llamaba **Centro Comercial Los Franciscanos**, y que estaban acostumbrados a él y no les asustaba en absoluto.

Los científicos acabarán por descubrir algo que explique los fantasmas, igual que descubrieron la electricidad que explicaba los rayos, y a lo mejor resulta que es algo sobre el cerebro de la gente, o algo sobre el campo magnético de la Tierra, o podría ser algo sobre una fuerza completamente distinta. Y entonces los fantasmas ya no serán misterios.

Serán como la electricidad y el arco iris y las sartenes que no se pegan.

En el colegio tenemos un estanque con ranas, que están allí para que aprendamos a tratar a los animales con cariño y respeto, porque algunos de los niños del colegio son muy malos con los animales y creen que es divertido aplastar gusanos o tirar piedras a los gatos.

Y algunos años hay montones de ranas en el estanque, y algunos años hay muy pocas. Y si hicieras un gráfico de cuántas ranas había en el estanque tendría este aspecto (pero este gráfico es lo que se llama *hipotético*, que significa que las cifras no son las cifras reales, sino que sólo es una *ilustración*)

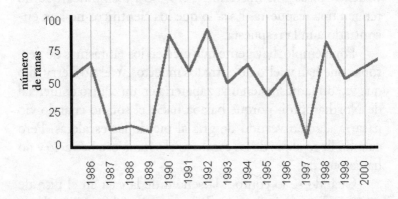

Y si mirases el gráfico podrías pensar que en 1987 y 1988 y 1989 y 1997 hizo un invierno realmente frío, o que había una garza real que venía a comerse montones de ranas (a veces hay una garza real que viene y trata de comerse las ranas, pero hay una tela metálica sobre el estanque que lo impide).

Pero a veces no tiene nada que ver con inviernos fríos o gatos o garzas. A veces son tan sólo matemáticas.

He aquí una fórmula para una población de animales.

$$N_{nueva} = \lambda \, (N_{vieja}) \, (1 - N_{vieja})$$

Y en esta fórmula N representa la densidad de población. Cuando N = 1 la población es lo más grande que puede llegar a ser. Y cuando N = 0 la población se ha extinguido. N_{nueva} es la población en un año, y N_{vieja} es la población en el año anterior. Y λ es lo que se llama una constante.

Cuando λ es menor que 1, la población es cada vez más pequeña y se extingue. Y cuando λ está entre 1 y 3, la población crece y después se estabiliza, así (y estos gráficos también son hipotéticos)

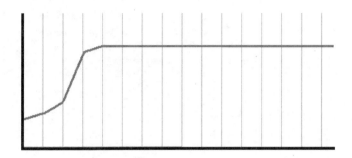

Y cuando λ está entre 3 y 3,57 la población sigue ciclos así

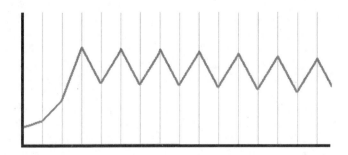

Pero cuando λ es mayor que 3,57 la población se vuelve caótica como en el primer gráfico.

Eso lo descubrieron Robert May y George Oster y Jim Yorke. Y significa que a veces las cosas son tan complicadas que es imposible predecir qué va a pasar a continuación, pero en realidad obedecen unas reglas muy sencillas.

Y eso significa que, a veces, una población entera de ranas, o de gusanos, o de gente, puede morir sin razón alguna, sólo porque así es como funcionan los números.

157

Pasaron seis días antes de que pudiese volver a entrar en la habitación de Padre a mirar en la caja de camisas del armario.

El primer día, que era un miércoles, Joseph Fleming se quitó los pantalones y se lo hizo todo por el suelo del vestuario y empezó a comérselo, pero el señor Davis lo detuvo.

Joseph se lo come todo. Una vez se comió una de las pequeñas pastillas de desinfectante azul que cuelgan dentro de los váteres. Y una vez se comió un billete de 50 libras de la cartera de su madre. Y se come cuerdas y gomas elásticas y pañuelos de papel y papel de escribir y pinturas y tenedores de plástico. Además se da golpes con la barbilla y chilla un montón.

Tyrone dijo que en la caca había un caballo y un cerdo, así que yo le dije que no dijera tonterías, pero Siobhan dijo que no, que eran pequeños animales de plástico de la biblioteca que el personal usa para hacer que la gente cuente historias. Y Joseph se los había comido.

Así que yo dije que no pensaba ir a los lavabos porque había caca en el suelo, y me hacía sentir incómodo pensar en ello, incluso aunque el señor Ennison hubiese venido a limpiarlo todo. Y me mojé los pantalones y tuve que ponerme unos de recambio del armario de ropa de recambio en la habitación de la señora Gascoyne. Así que Siobhan dijo que yo podía utilizar los lavabos del personal durante dos días, pero sólo dos días, y entonces tendría que volver a usar los lavabos de los niños. E hicimos un trato.

El segundo, tercer y cuarto días, que eran jueves, viernes y sábado, no pasó nada interesante.

El quinto día, que era un domingo, llovió muchísimo. A mí me gusta que llueva mucho. Suena como ruido de fondo por todas partes, que es como el silencio pero no está vacío.

Subí al piso de arriba y me senté en mi habitación y observé caer el agua en la calle. Caía con tanta intensidad que parecían chispas blancas (y esto también es un símil, no una metáfora). Y no había nadie por ahí porque todo el mundo estaba dentro de su casa. Y eso me hizo pensar en cómo estaba conectada toda el agua del mundo, y que esa agua se había evaporado de los mares en algún lugar del golfo de México o la bahía de Baffin, y estaba cayendo entonces delante de la casa y se escurriría hacia las alcantarillas y fluiría hasta una planta de tratamiento de aguas residuales donde la limpiarían y entonces iría a parar a un río y volvería al mar otra vez.

Y la noche del lunes Padre recibió una llamada telefónica de una señora cuya bodega se había inundado y tuvo que salir a arreglarlo con urgencia.

Si hay sólo una urgencia Rhodri va a arreglarla porque su esposa y sus hijos se fueron a vivir a Somerset, lo que significa que no tiene nada que hacer por las noches aparte de jugar a snooker y beber y ver la televisión, y necesita hacer horas extra para ganar dinero que mandarle a su esposa para ayudarla a cuidar de los niños. Y Padre tiene que cuidar de mí. Pero esa noche hubo dos urgencias, así que Padre me dijo que me portara bien y que lo llamara al móvil si había algún problema, y entonces se marchó en la furgoneta.

Así que fui a su habitación y abrí el armario y levanté la caja de herramientas de encima de la caja de camisas y abrí la caja de camisas.

Conté los sobres. Había 43. Todos iban dirigidos a mí con la misma letra.

Saqué uno y lo abrí.

Dentro estaba esta carta

3 de mayo

> *451c Chapter Road*
> *Londres NW2 5NG*
> *0208 887 8907*

Querido Christopher:

¡Por fin tenemos nevera y cocina nuevas! Roger y yo fuimos al vertedero el fin de semana a tirar las viejas. Ahí es donde la gente lo tira todo. Hay contenedores enormes para tres colores diferentes de botellas, cartones, aceite de motor y desperdicios de jardín y de la casa en general y objetos grandes (ahí fue donde dejamos la nevera y la cocina viejas).

Entonces fuimos a una tienda de objetos de segunda mano y compramos una nevera y una cocina nuevas. Ahora la casa se parece un poquito más a un hogar.

Anoche estaba mirando unas fotos viejas que me pusieron triste. Entonces encontré una foto tuya jugando con el tren que te compramos hace un par de Navidades. Y ésa me puso contenta porque fue uno de los momentos verdaderamente buenos que pasamos juntos.

¿Te acuerdas de cómo jugabas con él todo el día y te negabas a irte a la cama por las noches porque aún estabas jugando? ¿Y te acuerdas de que te hablamos de los horarios de trenes y tú hiciste un horario y tenías un reloj y hacías que los trenes llegaran puntuales? Y había también una pequeña estación de madera y te enseñamos cómo la gente que quería viajar en tren iba a la estación a comprar un billete y luego se subía al tren. Y entonces sacamos un mapa y te enseñamos las pequeñas rayas que eran las líneas del tren que conectaban to-

das las estaciones. Y jugaste con él durante semanas y semanas y te compramos más trenes y tú supiste adónde se dirigían todos.

Me gusta muchísimo recordar eso.

Ahora tengo que irme. Son las tres y media de la tarde. Sé que siempre te gusta saber exactamente qué hora es. Y tengo que ir a la cooperativa a comprar un poco de jamón para prepararle la cena a Roger. Echaré esta carta al buzón de camino a la tienda.

Con cariño,

Tu mamá
XXXXX

Entonces abrí otro sobre. Ésta era la carta que había dentro

312 Lausanne Road, primer piso
Londres N8 5BV
0208 756 4321

Querido Christopher:

Dije que quería explicarte por qué me había marchado cuando tuviera tiempo de hacerlo debidamente. Ahora tengo todo el tiempo del mundo. Así que estoy sentada en el sofá con esta carta y la radio puesta y voy a tratar de explicártelo.

Yo no era muy buena madre, Christopher. Quizá si las cosas hubiesen sido diferentes, si tú hubieses sido diferente, yo habría sido una madre mejor. Pero las cosas sencillamente salieron así.

Yo no soy como tu padre. Tu padre es una persona mucho más paciente. Simplemente acepta las cosas como son y si las cosas le alteran no lo demuestra. Pero yo no soy así, y no puedo hacer nada por cambiar eso.

¿Te acuerdas de aquella vez, cuando fuimos juntos de compras a la ciudad? ¿Y de que fuimos a Bentalls, que

138

estaba hasta los topes de gente, y teníamos que comprar un regalo de Navidad para la abuela? Y tú estabas asustado por la cantidad de gente que había en la tienda. Era en plena época navideña, cuando todo el mundo va al centro. Y yo estaba hablando con el señor Land, que trabaja en la planta de objetos de cocina y que fue al colegio conmigo. Y tú te agachaste en el suelo y te tapaste las orejas con las manos interrumpiendo el paso a todo el mundo. Así que yo me enfadé, porque a mí tampoco me gusta ir de compras en Navidad, y te dije que te comportaras y traté de levantarte y apartarte. Pero tú gritaste y tiraste aquellos tazones de una estantería que armaron gran estrépito. Y todo el mundo se volvió para ver qué pasaba. Y el señor Land estuvo muy amable pero había cajas y trozos de tazones rotos en el suelo y todo el mundo nos miraba y yo me fijé en que te habías mojado los pantalones, y me enfadé tanto que quise sacarte de la tienda pero tú no me dejabas tocarte y tan sólo seguiste ahí tirado en el suelo chillando y pataleando y vino el director y preguntó qué pasaba y yo ya no podía más, y tuve que pagar dos tazones rotos y luego esperar sencillamente a que dejaras de gritar. Y entonces tuve que llevarte andando hasta casa, lo que nos llevó horas, porque sabía que te negarías a volver a subir al autobús.

Y recuerdo que esa noche tan sólo lloré y lloré y que tu padre estuvo realmente encantador al principio, y te preparó la cena y te metió en la cama y dijo que esas cosas pasan y que todo iba a salir bien. Pero yo dije que ya no podía soportarlo más y al final se enfadó muchísimo y me dijo que me estaba comportando como una estúpida y que tenía que controlarme, y yo le pegué, lo cual estuvo muy mal, pero es que estaba muy alterada.

Teníamos un montón de peleas como ésa. Porque yo pensaba con frecuencia que ya no podía aguantar más. Y tu padre es verdaderamente paciente pero yo no lo soy, yo me enfado incluso aunque no pretenda hacerlo. Y al final ya casi no nos hablábamos porque sabíamos que acabaríamos peleándonos y que eso no nos llevaría a ninguna parte. Y yo me sentía realmente sola.

Y fue entonces cuando empecé a pasar mucho tiempo con Roger. Por supuesto que ya sé que siempre habíamos pasado mucho tiempo con Roger y Eileen. Pero yo empecé a ver a Roger a solas, porque con él podía hablar. Era la única persona con la que podía hablar de verdad. Y cuando estaba con él ya no me sentía sola.

Y sé que a lo mejor no entiendes nada de todo esto, pero quería intentar explicártelo para que lo supieras. Y aunque no lo entiendas ahora, puedes conservar esta carta y leerla más adelante y quizá lo entiendas entonces.

Y Roger me contó que él y Eileen ya no estaban enamorados, y que hacía muchísimo tiempo que ya no lo estaban. Lo que significaba que él también se sentía solo. Así que teníamos mucho en común. Y entonces nos dimos cuenta de que él y yo nos habíamos enamorado. Y él sugirió que yo dejara a tu padre y nos mudáramos juntos a otra casa. Pero yo dije que no podía dejarte a ti, y a él eso le puso triste pero entendió que tú eras realmente importante para mí.

Y entonces tú y yo tuvimos aquella pelea. ¿Te acuerdas? Fue sobre tu cena una noche. Yo te había preparado algo y tú no querías comértelo. Y llevabas días y días sin comer y se te veía muy flaco. Y empezaste a gritar y yo me enfadé y tiré la comida por toda la habitación, algo que sabía que no debería haber hecho. Y tú cogiste la tabla de cortar y me la tiraste, y me diste en un pie y me rompiste los dedos. Entonces, por supuesto, tuvimos que ir al hospital y me pusieron aquel yeso en el pie. Y después, en casa, tu padre y yo tuvimos una gran pelea. Él me echó la culpa por enfadarme contigo. Y dijo que tan sólo tenía que darte lo que quisieras, incluso aunque sólo fuera un plato de lechuga o un batido de fresa. Y yo dije que sólo trataba de hacerte comer algo sano. Y él dijo que tú no podías evitarlo. Y yo dije que tampoco yo podía evitarlo y que sencillamente perdía los estribos. Y tu padre dijo que si él podía controlar los nervios, yo bien podía controlar también mis malditos nervios. Y la cosa siguió y siguió.

Y yo no pude caminar bien durante un mes entero, ¿te acuerdas?, y tu padre tuvo que cuidar de ti. Y recuerdo miraros a los dos y veros juntos y pensar en que tú eras realmente distinto con él. Mucho más tranquilo. Y no os gritabais el uno al otro. Y eso me ponía triste porque era como si tú no me necesitaras en realidad para nada. Y de alguna manera, eso era aún peor que lo de que tú y yo discutiéramos todo el rato, porque era como si yo fuera invisible.

Y creo que fue entonces cuando me di cuenta de que tú y tu padre probablemente estaríais mejor si yo no vivía en la casa. Así él sólo tendría una persona que cuidar en lugar de dos.

Entonces Roger dijo que había pedido un traslado en el banco. Eso significa que les pidió si podían darle un empleo en Londres, y que se marchaba. Me preguntó si quería irme con él. Pensé en ello mucho tiempo, Christopher. De verdad que lo hice. Y me rompió el corazón, pero al final decidí que sería mejor para todos nosotros que yo me fuera. Así que le dije que sí.

Pretendía decirte adiós. Iba a volver a recoger un poco de ropa cuando tú regresaras del colegio. Y entonces te explicaría lo que estaba haciendo y te diría que iría a verte tan a menudo como pudiese y que tú podrías venir a Londres de vez en cuando para quedarte con nosotros. Pero cuando llamé a tu padre me dijo que no podía volver. Estaba enfadado de verdad. No me dejó hablar *contigo. Yo no sabía qué hacer. Tu padre dijo que era una egoísta y que nunca volvería a poner los pies en esa casa. Así que no lo he hecho. Pero en cambio te he escrito todas estas cartas.*

Me pregunto si entiendes lo que te estoy contando. Sé que debe de resultarte difícil. Pero confío en que puedas entenderlo un poquito.

Christopher, nunca he pretendido hacerte daño. Pensé que lo que hacía era lo mejor para todos nosotros. Confío en que lo sea. Y quiero que sepas que nada de esto es culpa tuya.

Solía soñar que las cosas serían mejores. ¿Te acuerdas de que tú solías decir que querías ser astronauta? Bueno, pues yo solía soñar que, en efecto, eras un astronauta y que salías en la tele y yo pensaba: «Ése es mi hijo.» Me pregunto si ahora sigues queriendo serlo. ¿O quieres ser otra cosa? ¿Todavía sigues con las matemáticas? Espero que sí.

Por favor, Christopher, escríbeme en algún momento, o llámame por teléfono. El número está al principio de la carta.

Muchos besos,

Tu madre
XXXXX

Entonces abrí un tercer sobre. Ésta es la carta que había dentro

18 de septiembre

312 Lausanne Road, primer piso
Londres N8
0208 756 4321

Querido Christopher:

Bueno, te dije que te escribiría cada semana, y lo he hecho. En realidad ésta es la segunda carta de esta se-

mana, así que lo estoy haciendo incluso mejor de lo que te dije.

¡Tengo un empleo! Estoy trabajando en Camden, en Perkin y Rashid, que son peritos jurados. Eso significa que van por ahí mirando casas y deciden cuánto costarían y qué obras habría que hacer en ellas y cuánto costarían esas obras. Y también deciden cuánto costaría construir nuevas casas, oficinas y fábricas.

Es una oficina agradable. La otra secretaria es Angie. Su escritorio está cubierto de ositos y animalitos de peluche y fotografías de sus hijos (así que he puesto una foto tuya en un marco sobre mi escritorio). Es realmente simpática y siempre salimos juntas a almorzar.

No sé cuánto tiempo permaneceré aquí, sin embargo. Tengo que sumar montones de cifras para cuando mandamos facturas a nuestros clientes y yo no soy muy buena con esas cosas (¡tú lo harías mucho mejor que yo!).

La empresa la dirigen dos hombres que se llaman señor Perkin y señor Rashid. El señor Rashid es de Pakistán y es muy severo y siempre quiere que trabajemos más rápido. Y el señor Perkin es raro (Angie lo llama Perkin el Pervertido). Cuando se acerca a mí para preguntarme algo siempre me apoya la mano en el hombro y se agacha, de forma que su cara quede muy cerca de la mía, y puedo olerle la pasta de dientes y eso me pone los pelos de punta. Y el sueldo no es muy bueno, además. O sea, que me buscaré algo mejor en cuanto tenga la oportunidad.

El otro día fui al Alexandra Palace. Es un gran parque que hay justo al volver la esquina desde nuestra casa, y es una enorme colina con un gran centro de congresos en la cima, y me hizo pensar en ti porque si vinieras podríamos ir allí a hacer volar cometas o a ver los aviones llegar al aeropuerto de Heathrow y sé que eso te gustaría.

Ahora tengo que irme, Christopher. Te estoy escribiendo esto en mi hora de almorzar (Angie está de baja con la gripe, así que no podemos comer juntas). Por favor, escríbeme en algún momento y cuéntame cómo estás y qué tal te va en el colegio.

Espero que recibieras el regalo que te mandé. ¿Lo has resuelto ya? Roger y yo lo vimos en una tienda en el mercado de Camden y sé que siempre te han gustado los rompecabezas. Roger trató de separar las dos piezas antes de que lo envolvieran y no lo consiguió. Dijo que si tú conseguías hacerlo es que eras un genio.

Te mando montones y montones de cariño,

Tu madre
XXXXX

Y ésta era la cuarta carta

23 de agosto
312 Lausanne Road, primer piso
Londres N8
Querido Christopher:
Siento no haberte escrito la semana pasada. Tuve que ir al dentista para que me sacaran dos muelas. Quizá no te acuerdas de cuando tuvimos que llevarte a ti al dentista. No dejabas que nadie te metiera la mano en la boca, así que tuvimos que hacer que te durmieran para que el dentista pudiera quitarte un diente. Bueno, a mí no me durmieron, tan sólo me dieron lo que se llama un anestésico local, que significa que no puedes sentir nada en la boca, lo que a mí ya me estuvo bien, porque tuvieron que serrarme el hueso para poder sacarme la muela. Y no me dolió nada. De hecho me estaba riendo porque el dentista tuvo que dar tantos tirones que a mí me parecía divertido. Pero cuando

llegué a casa empezó a despertarse y a dolerme y tuve
que tumbarme dos días en el sofá y tomar un montón
de analgésicos…

Entonces dejé de leer la carta porque estaba mareado.
Madre no había tenido un ataque al corazón. Madre no
se había muerto. Madre había estado viva todo el tiempo.
Y Padre me había mentido sobre eso.

Me esforcé mucho en pensar si había otra explicación
pero no se me ocurrió ninguna. Y entonces ya no pude pensar
en nada en absoluto porque mi cerebro no estaba funcionando
correctamente.

La cabeza me daba vueltas. Era como si la habitación se
estuviese meciendo de lado a lado, como si estuviera en lo
más alto de un edificio altísimo y un viento muy fuerte balan-
cease el edificio hacia atrás y hacia delante (esto también es
un símil). Pero sabía que la habitación no podía estar me-
ciéndose, así que debía de ser algo que estaba pasando dentro
de mi cabeza.

Rodé por la cama y me acurruqué hasta hacerme un
ovillo.

Me dolía el estómago.

No sé qué pasó entonces porque hay una laguna en mi
memoria, como si hubiesen borrado un trocito de la cinta.
Pero sé que debió de pasar un montón de tiempo porque más
tarde, cuando volví a abrir los ojos, vi que al otro lado de la
ventana estaba oscuro. Y había vomitado, porque había vómito por todas partes, encima de la cama y en mis manos y en
mis brazos y mi cara.

Pero antes de eso oí que Padre entraba en la casa y me
llamaba, que es otra razón por la que sé que había pasado un
montón de tiempo.

Y era extraño porque él me llamaba «¿Christopher…?
¿Christopher…?» y yo veía mi nombre escrito a medida que
él lo pronunciaba. Con frecuencia veo escrito lo que alguien

dice como si apareciera en una pantalla de ordenador, en especial si está en otra habitación. Pero eso no era en una pantalla de ordenador. Podía verlo escrito muy grande, como si estuviera en un gran anuncio en el lateral de un autobús. Y estaba escrito con la letra de mi madre, así

Christopher Christopher

Y entonces oí que Padre subía las escaleras y entraba en la habitación. Dijo:

—Christopher, ¿qué demonios estás haciendo?

Y supe que estaba en la habitación, pero su voz sonaba débil y lejana, como suenan a veces las voces de la gente cuando yo estoy gimiendo y no quiero que estén cerca de mí. Y Padre dijo:

—¿Qué coño estás…? Ése es mi armario, Christopher. Ésas son… no, mierda… Mierda, mierda, mierda.

Entonces no dijo nada durante un rato.

Entonces me puso una mano en el hombro y me volvió sobre un costado y dijo:

—Santo Dios. —Pero no me dolió cuando me tocó, como me pasa normalmente. Le vi tocarme, como si estuviese viendo una película que pasaba en la habitación, pero apenas sentía su mano. Era como sentir el viento en la piel.

Y entonces volvió a quedarse callado un rato. Entonces dijo:

—Lo siento, Christopher. Lo siento mucho, muchísimo.

Y entonces me di cuenta de que había vomitado, porque sentía algo húmedo encima de mí y podía olerlo, como cuando alguien vomita en el colegio. Entonces Padre dijo:

—Has leído las cartas.

Entonces oí que estaba llorando porque su respiración sonaba como burbujeante y mojada, como suena cuando alguien está resfriado y tiene muchos mocos en la nariz. Entonces dijo:

—Lo hice por tu bien, Christopher. De verdad que sí. Nunca pretendí mentirte. Tan sólo pensé que... Tan sólo pensé que era mejor que no supieras... que... que... Yo no quería... Iba a enseñártelas cuando fueras mayor.

Entonces volvió a quedarse callado. Luego dijo:

—Fue un accidente.

Entonces dijo:

—Yo no sabía qué decir... Estaba tan hecho polvo... Ella dejó una nota y... Entonces llamó por teléfono y... Dije que estaba en el hospital porque... porque no sabía cómo explicártelo. Era todo tan complicado. Tan difícil. Y yo... dije que estaba en el hospital. Y ya sé que no era verdad. Pero una vez dicho eso ya no pude... ya no pude cambiarlo. ¿Lo comprendes... Christopher? ¿Christopher...? Es sólo que... la cosa se me fue de las manos y desearía que...

Entonces se quedó callado un rato realmente largo.

Entonces me tocó en el hombro otra vez y dijo:

—Christopher, vamos a limpiarte un poco, ¿vale?

Me apretó un poquito el hombro, pero yo no me moví. Y él dijo:

—Christopher, voy a ir al cuarto de baño y te voy a llenar una bañera de agua caliente. Entonces voy a volver aquí y a llevarte al baño, ¿de acuerdo? Así podré meter las sábanas en la lavadora.

Entonces oí que se levantaba e iba al baño y abría los grifos. Oí que el agua corría en la bañera. Durante un rato no volvió. Entonces volvió y me tocó en el hombro otra vez y dijo:

—Vamos a hacer esto con muchísimo cuidado, Christopher. Vamos a sentarte y a quitarte la ropa y a meterte en la bañera, ¿de acuerdo? Tendré que tocarte, pero no va a pasar nada.

Entonces me incorporó y me hizo sentarme en un lado de la cama. Me quitó el jersey y la camisa y los dejó sobre la cama. Entonces me hizo levantarme y caminar hasta el baño. Y yo no grité. Y no luché. Y no le pegué.

163

Cuando era pequeño y fui por primera vez al colegio, mi profesora se llamaba Julie, porque Siobhan no había empezado aún a trabajar en el colegio. Empezó a trabajar en el colegio cuando yo tenía doce años.

Y un día Julie se sentó en el pupitre al lado del mío y puso un tubo de caramelos Smarties sobre el pupitre, y dijo:

—Christopher, ¿qué crees tú que hay aquí dentro?

Y yo dije:

—Smarties.

Entonces le quitó la tapa al tubo de Smarties y lo inclinó y de él salió un pequeño lápiz rojo, y Julie rió y dijo:

—No son Smarties, es un lápiz.

Entonces volvió a meter el lápiz rojo dentro del tubo de Smarties y volvió a ponerle la tapa. Entonces dijo:

—Si tu mami entrase ahora y le preguntásemos qué hay dentro del tubo de Smarties, ¿qué crees tú que diría? —porque entonces yo solía llamar a Madre Mami, no Madre.

Y yo dije:

—Un lápiz.

Eso era porque cuando era pequeño no entendía que las demás personas tuviesen mentes. Y Julie les dijo a Madre y a Padre que eso siempre me sería muy difícil. Pero ahora no me resulta difícil. Porque decidí que era una especie de rompecabezas, y si algo es un rompecabezas siempre hay una manera de resolverlo.

Es como los ordenadores. La gente cree que los ordenadores son diferentes de las personas porque no tienen mentes, incluso aunque, en el test de Turing, los ordenadores pueden tener conversaciones con las personas sobre el clima y los vinos y sobre cómo es Italia, y hasta pueden contar chistes.

Pero la mente no es más que una máquina complicada.

Y cuando miramos las cosas pensamos que estamos simplemente mirándolas desde nuestros ojos como si mirásemos a través de pequeñas ventanas y que hay una persona dentro de nuestra cabeza, pero no es así. Estamos mirando una pantalla dentro de nuestra cabeza, como la pantalla de un ordenador.

Y esto se sabe por un experimento que vi en la tele, en una serie llamada *Cómo funciona la mente*. Y en ese experimento fijas la cabeza en una abrazadera y miras una página escrita en una pantalla. Parece una página escrita normal en la que nada cambia. Pero al cabo de un rato, cuando tus ojos se mueven por la página te das cuenta de que pasa algo muy raro, porque cuando tratas de leer un trozo de la página que ya has leído es diferente.

Y eso pasa porque cuando tu mirada va rápidamente de un punto a otro no ves nada en absoluto y estás ciego. Y esos movimientos rápidos se llaman sacádicos. Porque si cuando tu mirada va rápidamente de un punto a otro lo vieras todo, te marearías. Y en el experimento hay un sensor que capta cuándo tu mirada se desplaza de un sitio a otro, y cuando lo hace cambia algunas de las palabras de la página en un sitio que no estés mirando.

Pero tú no te das cuenta de que estás ciego entre los movimientos sacádicos porque tu cerebro llena la pantalla que hay en tu cabeza para que parezca que estás mirando a través de dos ventanitas. Y no te das cuenta de que han cambiado palabras en otra parte de la página porque tu mente aporta una imagen de las cosas a las que no miras en ese momento.

Y las personas son distintas de los animales porque pueden ver imágenes en la pantalla de su cabeza de cosas que no están mirando. Pueden ver imágenes de alguien en otra habitación. O de lo que va a pasar mañana. O pueden verse a sí mismos convertidos en astronautas. O imaginar cifras realmente grandes. O series de razonamientos cuando tratan de deducir algo.

Y por eso un perro al que el veterinario le ha hecho una operación realmente importante y tiene clavos que le salen de la pata si ve un gato se olvida de que tiene clavos saliéndole de la pata y corre tras él. Pero cuando a una persona la operan tiene una imagen en la cabeza del dolor que sentirá durante meses y meses. Y tiene una imagen de todos los puntos que le han dado en la pierna y del hueso roto y de los clavos e incluso aunque vea que se le escapa el autobús no corre porque tiene una imagen en su cabeza de los huesos aplastándose y crujiendo, y de los puntos soltándose y de más dolor aún.

Y por eso la gente cree que los ordenadores no tienen mentes, y por eso la gente cree que sus cerebros son especiales y diferentes de los ordenadores. Porque la gente puede ver la pantalla dentro de su cabeza y creen que hay alguien ahí sentado en su cabeza mirando la pantalla, como el capitán Jean-Luc Picard en *Star Trek: La nueva generación*, sentado en su asiento de capitán contemplando una gran pantalla. Y creen que esa persona es su mente humana especial que se llama *homúnculo*, que significa *hombrecito*. Y creen que los ordenadores no tienen ese homúnculo.

Pero ese homúnculo no es más que otra imagen en la pantalla en sus cabezas. Y cuando el homúnculo está en la pantalla en sus cabezas (porque la persona está pensando en el homúnculo) hay otra parte del cerebro observando la pantalla. Y cuando la persona piensa en esa parte del cerebro (la que está observando al homúnculo en la pantalla) pone esa parte del cerebro en la pantalla y hay una nueva parte de cerebro observando la pantalla. Pero el cerebro no ve cómo ocurre eso porque es como la mirada que va rápidamente de un sitio a otro. Cuando se pasa de pensar en una cosa a pensar en otra es como estar ciego.

Y por eso los cerebros de la gente son como ordenadores. Y no es porque sean especiales, sino porque tienen que estar desconectándose constantemente durante fracciones de segundo mientras la pantalla cambia. Y es porque hay algo que no pueden ver que la gente cree que tiene que ser especial, porque la gente siempre piensa que hay algo especial en lo que no puede ver, como el lado oculto de la Luna, o el otro lado de un agujero negro, o en la oscuridad cuando se despiertan por la noche y tienen miedo.

Además las personas creen que no son ordenadores porque tienen sentimientos y los ordenadores no tienen sentimientos. Pero los sentimientos no son más que tener una imagen en la pantalla en tu cabeza de lo que va a pasar mañana o el año que viene, o de lo que podría haber pasado en lugar de lo que ocurrió en realidad, y si es una imagen alegre sonríen y si es una imagen triste lloran.

167

Y después de que Padre me hubiese dado un baño y limpiado el vómito y me hubiese secado con una toalla, me llevó a mi habitación y me puso ropa limpia. Entonces me dijo:

—¿Has cenado algo esta noche?

Pero yo no dije nada. Entonces él dijo:

—¿Te traigo algo de comer, Christopher?

Pero yo seguí sin decir nada. Así que dijo:

—Vale. Mira, voy a meter tu ropa y las sábanas en la lavadora y luego volveré, ¿de acuerdo?

Me quedé sentado en la cama y me miré las rodillas.

Así que Padre salió de la habitación y recogió mi ropa del suelo del baño y la dejó en el rellano. Entonces fue a buscar las sábanas de su cama y las sacó al rellano con mi camisa y mi jersey. Entonces lo recogió todo y se lo llevó abajo. Entonces oí que ponía la lavadora y oí que el bombo empezaba a dar vueltas y el agua en las tuberías iba hacia la lavadora.

Eso fue todo lo que oí durante mucho rato.

Calculé potencias de 2 en mi cabeza porque me tranquilizaba. Llegué hasta **33.554.432** que es 2^{25}, lo cual no era mucho porque en otra ocasión he llegado a 2^{45}, pero mi cerebro no funcionaba muy bien.

Entonces Padre volvió a entrar en la habitación y dijo:

—¿Cómo te sientes? ¿Quieres que te traiga algo?

Yo no dije nada. Seguí mirándome las rodillas.

Y Padre tampoco dijo nada. Tan sólo se sentó en la cama a mi lado y apoyó los codos en las rodillas y miró la alfombra entre sus piernas, donde había una pequeña pieza roja de Lego.

Entonces oí que *Toby* se despertaba, porque es nocturno, y oí que arañaba en su jaula.

Y Padre estuvo callado durante muchísimo tiempo. Y entonces dijo:

—Mira, a lo mejor no debería decirte esto, pero... quiero que sepas que puedes confiar en mí. Y... vale, a lo mejor no digo siempre la verdad. Dios sabe que lo intento, Christopher, Dios sabe que lo hago, pero... La vida es difícil, ya lo sabes. Joder, es durísimo decir la verdad todo el tiempo. A veces es imposible. Y quiero que sepas que lo estoy intentando, que de verdad lo estoy haciendo. Y quizá éste no sea un buen momento para decirte esto, y sé que no va a gustarte, pero... Tienes que saber que a partir de ahora voy a decirte la verdad. Acerca de todo. Porque... si uno no dice la verdad ahora, entonces más tarde... más tarde duele todavía más. Así que...

Padre se frotó la cara con las manos y se tironeó de la barbilla con los dedos y se quedó mirando la pared. Yo lo veía por el rabillo del ojo. Y él dijo:

—Yo maté a *Wellington*, Christopher.

Me pregunté si eso sería un chiste. Porque yo no entiendo los chistes, y cuando la gente cuenta un chiste no quiere decir lo que dice. Pero entonces Padre dijo:

—Por favor, Christopher. Sólo deja que te lo explique. —Entonces inspiró aire entre los dientes y dijo—: Cuando tu mamá se marchó... Eileen... la señora Shears... fue muy buena con nosotros. Muy buena conmigo. Me ayudó a superar un momento muy difícil. Y no estoy seguro de que hubiera salido adelante sin ella. Bueno, tú ya sabes cómo andaba por aquí casi todos los días. Nos ayudaba con la cocina y la limpieza. Aparecía por aquí para ver si estábamos bien, si necesitábamos algo… Yo pensaba… Bueno… Mierda, Christopher, intento que no suene complicado… Pensaba que seguiría viniendo. Pensaba… y quizá fui un estúpido… pensaba que a lo mejor… al final… querría mudarse aquí. O que a lo mejor nos mudábamos nosotros a su casa. Nosotros… nos llevábamos bien, realmente bien. Pensé que éramos amigos. Y supongo que me equivoqué. Supongo que… al final… no era más que… Mierda… Discutimos, Christopher… y ella dijo algunas cosas que no voy a decirte a ti porque no son agradables, pero me dolieron, y… Yo creo que le preocupaba más ese maldito perro que yo, que nosotros. Y quizá eso no sea tan estúpido, al mirar atrás. Quizá damos demasiado trabajo, maldita sea. Y quizá sea más fácil vivir sola cuidando de un estúpido chucho que compartir tu vida con otros seres humanos propiamente dichos. Lo que quiero decir es que, coleguita, no somos lo que se dice de bajo mantenimiento, ¿no te parece…? Sea como fuere, esa vez nos peleamos. Bueno, para serte franco nos peleamos bastantes veces. Pero después de una trifulca particularmente desagradable, ella me echó de la casa. Y ya sabes cómo estaba ese maldito perro después de la operación. Estaba esquizofrénico, maldita sea. Un instante estaba más suave que la seda, se tumbaba panza arriba para que le hicieras cosquillas en la barriga, y al siguiente te clavaba los dientes en la pierna. Sea como fuere, estamos chillándonos el uno al otro y él está en el jardín, orinando. Así que, cuando ella me da con la puerta en las narices, el muy cabrón me está esperando. Y… sí, lo sé, lo sé. Quizá si simplemente le hubiese dado una patada es probable que hubiese retrocedido. Pero, mierda, Christopher, cuando la rabia se apodera de uno… Jesús, tú ya sabes lo que es eso. Lo que quiero decir es que no somos tan distintos, tú y yo. Y lo único en que conseguía pensar era que a ella le preocupaba más ese maldito perro que tú o que yo. Y fue como si todo lo que había estado reprimiendo durante dos años simplemente…

Entonces Padre se calló un ratito. Y entonces dijo:

155

—Lo siento, Christopher. Te lo prometo, nunca pretendí que las cosas acabaran así.

Y entonces supe que no era un chiste y me sentí realmente asustado. Padre dijo:

—Todos cometemos errores, Christopher. Tú, yo, tu mamá, todo el mundo. Y a veces son errores verdaderamente grandes. Sólo somos humanos.

Entonces levantó la mano derecha y abrió los dedos en abanico.

Pero yo grité y lo empujé hacia atrás de manera que se cayó de la cama al suelo.

Se sentó y dijo:

—Vale. Mira, Christopher, lo siento. Dejémoslo por esta noche, ¿de acuerdo? Voy a irme abajo y tú duerme un poco y ya hablaremos por la mañana. —Entonces dijo—: Todo va a salir bien. De verdad. Confía en mí.

Entonces se levantó e inspiró profundamente y salió de la habitación.

Me quedé sentado en la cama mucho rato mirando el suelo. Entonces oí que *Toby* arañaba en su jaula. Levanté los ojos y vi que me miraba a través de los barrotes.

Tenía que salir de la casa. Padre había asesinado a *Wellington*. Eso significaba que podía asesinarme a mí, porque no podía confiar en él, incluso aunque había dicho «Confía en mí», porque me había contado una mentira sobre algo muy importante.

Pero no podía salir de la casa inmediatamente porque me vería, así que tendría que esperar a que estuviese dormido.

La hora era las 23.16 de la noche.

Traté de volver a calcular potencias de 2, pero no llegué más allá de 2^{15} que era 32.768. Así que gemí para hacer que el tiempo pasara más rápido y no pensar.

Entonces era la 1.20 de la madrugada, pero no había oído a Padre subir a la cama. Me pregunté si estaría dormido en el piso de abajo o si estaría esperando para entrar y matarme. Así que saqué mi navaja del Ejército Suizo y abrí la hoja de la sierra para poder defenderme. Entonces salí de mi habitación sin hacer ningún ruido y escuché. No oí nada, así que empecé a bajar las escaleras sin hacer ruido y muy despacio. Y cuando llegué abajo vi el pie de Padre a través de la puerta de la sala de estar. Esperé durante 4 minutos para ver si se movía, pero no se movió. Así que seguí andando hasta llegar al vestíbulo. Entonces me asomé a la puerta de la sala de estar.

Padre estaba tumbado en el sofá con los ojos cerrados.

Lo estuve mirando durante mucho rato.

Roncó y yo di un salto, oía la sangre en mis oídos y a mi corazón ir pero que muy rápido y un dolor como si alguien hubiese hinchado un globo muy grande dentro de mi pecho.

Me parecía que iba a tener un ataque al corazón.

Los ojos de Padre seguían cerrados. Me pregunté si hacía como que dormía. Entonces, cogí la navaja y di unos golpes en el marco de la puerta.

Padre movió la cabeza de un lado a otro y sacudió el pie y dijo «Gnnnn», pero sus ojos no se abrieron. Y entonces volvió a roncar.

Estaba dormido.

Eso significaba que si no hacía ningún ruido para no despertarle, podía salir de la casa.

Cogí mis dos abrigos y mi bufanda de los colgadores junto a la puerta principal, porque fuera haría frío por la noche. Entonces subí otra vez sin hacer ruido, pero fue difícil porque las piernas me temblaban. Entré en mi habitación y cogí la jaula de *Toby*. Arañaba y hacía ruido, así que me quité uno de los abrigos y lo puse sobre la jaula para silenciarlo un poco. Entonces me lo llevé escaleras abajo.

Padre seguía dormido.

Entré en la cocina y cogí mi caja especial de comida. Abrí la puerta de atrás y salí al exterior. Aguanté el picaporte de la puerta al volver a cerrarla para que no hiciera ruido. Y caminé hasta el final del jardín.

Al final del jardín hay un cobertizo. Dentro están la cortadora de césped y las tijeras para podar setos, y un montón de artículos de jardinería que Madre solía usar, como macetas y sacos de abono orgánico y cañas de bambú y cuerda y palas. Se estaría un poquito más caliente en el cobertizo pero yo sabía que Padre me buscaría en el cobertizo, así que lo rodeé hasta la parte de atrás y me apretujé en el espacio que quedaba entre la pared del cobertizo y la valla, detrás de la gran cuba de plástico negro para recoger agua de lluvia. Entonces me senté y me sentí un poco más a salvo.

Decidí dejar mi otro abrigo sobre la jaula de *Toby* porque no quería que cogiera frío y se muriese.

Abrí mi caja especial de comida. Dentro estaba la Milky Bar y dos regalices y tres clementinas y una galleta rosa de barquillo y mi colorante rojo. No tenía hambre pero sabía que debía comer algo porque si no comes puedes coger frío, así que me comí dos clementinas y la Milky Bar.

Entonces me pregunté qué haría a continuación.

173

Entre el tejado del cobertizo y la gran planta que cuelga sobre la valla desde la casa de al lado veía la constelación de **Orión**.

La gente dice que **Orión** se llama Orión porque Orión era un cazador y la constelación parece un cazador con garrote y arco y flecha, así

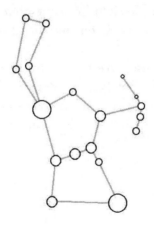

Pero eso es una verdadera tontería porque no son más que estrellas, y podrías unir los puntitos como quisieras, y hacer que pareciese una señora con un paraguas que saluda, o la cafetera de la señora Shears, que es de Italia, con un asa y vapor que sale, o un dinosaurio

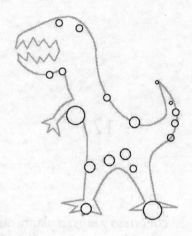

Además en el espacio no hay líneas, así que podrías unir trocitos de **Orión** con trocitos de la **Liebre** o **Tauro** o **Géminis** y decir que son una constelación llamada **El Racimo de Uvas** o **Jesús** o **La Bicicleta** (sólo que no tenían bicicletas en las épocas romana y griega, que fue cuando llamaron Orión a **Orión**).

En cualquier caso, **Orión** no es un cazador o una cafetera o un dinosaurio. Es Betelgeuse y Bellatrix y Alnilam y Rigel y 17 estrellas más de las que no me sé los nombres. Y son explosiones nucleares a billones de kilómetros de aquí.

Y ésa es la verdad.

179

Estuve despierto hasta las 3.47. Ésa fue la última vez que miré mi reloj antes de quedarme dormido. Tiene una esfera luminosa que se enciende si aprietas un botón, así que pude verla en la oscuridad. Tenía frío y me daba miedo que Padre saliese y me encontrara. Pero me sentía más seguro en el jardín porque estaba escondido.

Miré el cielo mucho rato. Me gusta mirar el cielo por la noche en el jardín. En verano, a veces salgo con mi linterna y mi planisferio, que está hecho de dos círculos de plástico con un alfiler en el centro. En la parte de abajo tiene un mapa del cielo, y en la parte de arriba una apertura en forma de parábola. Giras la apertura para ver el mapa del cielo que se ve ese día del año desde la latitud 51,5° Norte, que es la latitud en que está Swindon, porque el pedazo más grande de cielo siempre está en el otro lado de la Tierra.

Y cuando miras el cielo sabes que estás viendo estrellas que están a cientos y miles de años luz. Y algunas de las estrellas ni siquiera existen ya porque su luz ha tardado tanto en llegar a nosotros que ya están muertas, o han explotado y han quedado reducidas a enanas rojas. Y eso te hace sentir muy pequeño, y si en tu vida tienes cosas difíciles es agradable pensar que son lo que se llama *insignificantes*, es decir, que son tan pequeñas que no tienes que tenerlas en cuenta cuando haces un cálculo.

No dormí muy bien a causa del frío y porque el suelo era muy desigual y puntiagudo debajo de mí y porque *Toby* estaba arañando un montón en su jaula. Pero cuando desperté totalmente amanecía y el cielo estaba naranja y azul y morado, y oí el canto de los pájaros, que es lo que se llama *El coro del alba*. Y me quedé donde estaba durante otras 2 horas y 32 minutos, y entonces oí que Padre salía al jardín y gritaba: «¿Christopher...? ¿Christopher...?»

Así que me volví y encontré un viejo saco de plástico cubierto de barro que antes tenía abono, y nos acurrucamos yo y la jaula de *Toby* y mi caja de comida especial en el rincón entre la pared del cobertizo y la valla y la pila de agua de lluvia, y yo me tapé con el saco de fertilizante. Y entonces oí que Padre se acercaba por el jardín y saqué mi navaja del Ejército Suizo del bolsillo y abrí la hoja de la sierra, y la agarré por si nos encontraba. Y oí que abría la puerta del cobertizo y miraba dentro. Y entonces oí que decía: «Mierda.» Y entonces oí sus pisadas en los matorrales en torno al costado del cobertizo, y mi corazón latía pero que muy rápido y noté esa sensación como de tener un globo dentro del pecho otra vez, y pensé que quizá había mirado detrás del cobertizo, pero yo no podía verlo porque estaba escondido, pero no me vio, porque lo oí alejarse otra vez por el jardín.

Entonces me quedé quieto y miré mi reloj y permanecí quieto durante 27 minutos. Y entonces oí que Padre encendía el motor de su furgoneta. Supe que era su furgoneta porque la oigo muy a menudo y estaba cerca y sabía que no era ninguno de los coches de los vecinos, porque los que toman drogas tienen una furgoneta Volkswagen y el señor Thompson, que vive en el número 40, tiene un Vauxhall Cavalier, y la gente que vive en el número 34 tiene un Peugeot y todos suenan diferente.

Y cuando oí que se alejaba de la casa supe que ya podía salir.

Y entonces tuve que decidir qué hacer porque ya no podía vivir en la casa con Padre porque era peligroso.

Así que tomé una decisión.

Decidí que iría y llamaría a la puerta de la señora Shears y que me iría a vivir con ella, porque la conocía y ella no era una extraña y yo había estado antes en su casa, cuando hubo un corte de electricidad en nuestro lado de la calle. Pero esta vez no me dirá que me vaya, porque yo le diré quién ha matado a *Wellington* y así ella se dará cuenta de que yo soy un amigo. Y además comprenderá por qué yo ya no puedo seguir viviendo con Padre.

Saqué los regalices y la galleta de barquillo rosa y la última clementina de mi caja especial de comida y me las metí en el bolsillo y escondí la caja especial de comida bajo el saco de fertilizante. Entonces cogí la jaula de *Toby* y mi otro abrigo y salí de un salto de detrás del cobertizo. Caminé por el jardín y junto al costado de la casa. Abrí el cerrojo de la puerta del jardín y salí frente a la casa.

En la calle no había nadie, así que crucé y recorrí el sendero de la casa de la señora Shears y llamé a la puerta y esperé y decidí qué iba a decir cuando abriese la puerta.

Pero no vino a la puerta. Así que volví a llamar.

Entonces me di la vuelta y vi a unas personas caminando por la calle y tuve miedo otra vez, porque eran dos de las personas que toman drogas de la casa de al lado. Así que cogí la jaula de *Toby* y rodeé la casa de la señora Shears y me senté detrás del cubo de la basura para que no pudiesen verme.

Y entonces tuve que planear qué hacer.

Y lo hice pensando en todas las cosas que podía hacer y decidiendo si eran la decisión correcta o no.

Decidí que no podía volver a casa.

Y decidí que no podía irme a vivir con Siobhan porque ella no podía cuidar de mí después de que el colegio hubiese cerrado, porque era mi profesora y no una amiga o un miembro de mi familia.

Y decidí que no podía irme a vivir con el tío Terry porque vivía en Sunderland y yo no sabía cómo llegar a Sunderland y no me gustaba el tío Terry porque fumaba cigarrillos y me acariciaba el pelo.

Y decidí que no podía irme a vivir con la señora Alexander porque no era una amiga o un miembro de mi familia ni siquiera aunque tuviese un perro, porque no podía quedarme a dormir en su casa o utilizar su cuarto de baño porque ella lo había usado y era una extraña.

Y entonces pensé que podía irme a vivir con Madre, porque ella era mi familia y yo sabía dónde vivía porque me acordaba de la dirección de las cartas que era 451c Chapter Road, Londres NW2 5NG. Sólo que ella vivía en Londres y yo nunca había estado en Londres. Yo sólo había estado en Dover para ir a Francia, y en Sunderland para visitar al tío Terry y en Manchester para visitar a la tía Ruth que tenía cáncer, aunque cuando yo estuve allí no tenía cáncer. Y yo nunca había ido solo a ningún sitio aparte de la tienda de la esquina. Y la idea de ir solo a alguna parte me daba mucho miedo.

Pero entonces pensé en irme a casa otra vez, o en quedarme donde estaba, o en esconderme cada noche en el jardín y que Padre me encontrara, y eso me hizo sentir mucho más asustado. Y cuando pensé en eso sentí que iba a vomitar otra vez como me había pasado la noche anterior.

Y entonces me di cuenta de que no podía hacer nada que me pareciese seguro. E hice un dibujo de eso en mi cabeza, así

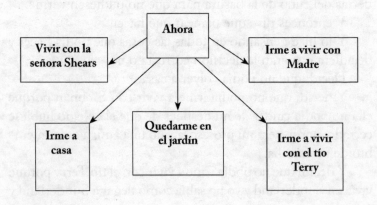

Y entonces imaginé que tachaba todas las posibilidades que eran imposibles, que es como en un examen de matemáticas, cuando miras todas las preguntas y decides cuáles vas a hacer y cuáles no vas a hacer y tachas todas las que no vas a hacer y así tu decisión es definitiva y no puedes cambiar de opinión. Y era así

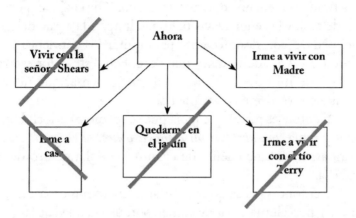

Lo cual significaba que tenía que irme a Londres a vivir con Madre. Y podía hacerlo en tren porque yo lo sabía todo de los trenes, gracias a mi tren de juguete, cómo consultas el horario y vas a la estación y compras un billete y miras el tablón de salidas para ver si tu tren tiene retraso y entonces vas al andén correspondiente y subes a bordo. Y me iría desde la estación de Swindon, donde Sherlock Holmes y el doctor Watson se paran a comer cuando van de camino a Ross desde Paddington en *El misterio de Boscombe Valley*.

Y entonces miré la pared opuesta al pequeño pasaje que había a un lado de la casa de la señora Shears donde yo estaba sentado, y vi la tapa circular de una cacerola metálica muy vieja apoyada contra la pared. Y estaba cubierta de óxido. Y parecía la superficie de un planeta porque el óxido tenía la forma de países y continentes e islas.

Y entonces pensé que nunca podría ser astronauta porque ser astronauta significa estar a cientos de miles de kilómetros de distancia de casa, y mi casa estaba ahora en Londres y eso está a unos 160 kilómetros, que es más de 1.000 veces más cerca de lo que estaría mi casa si estuviera en el espacio, y pensar eso me dolió. Como cuando me caí en la hierba una vez en el borde de unos columpios en el parque y me corté la rodilla con un pedazo de botella rota que alguien había tirado por encima del muro, y me corté de cuajo un pedazo de piel, y el señor Davis tuvo que limpiar la carne debajo del pedazo con desinfectante para quitar los gérmenes y la porquería y me dolió tanto que lloré. Pero este dolor estaba dentro de mi cabeza. Y me ponía triste pensar que nunca podría convertirme en astronauta.

Y entonces pensé que tenía que ser como Sherlock Holmes y tenía que *abstraer mi mente a voluntad en grado sumo* para así no darme cuenta de cuánto me dolía dentro de la cabeza.

Y entonces pensé que necesitaría dinero si me iba a Londres. Y necesitaría cosas de comer, porque era un viaje largo y yo no sabía de dónde sacar comida. Y entonces pensé que necesitaría a alguien que cuidase de *Toby*, porque no podía llevármelo conmigo.

Y entonces *Formulé un Plan*. Y eso me hizo sentir mejor, porque había algo en mi cabeza que tenía un orden y unas pautas y tan sólo tenía que seguir las instrucciones una detrás de otra.

Me levanté y me aseguré de que no hubiese nadie en la calle. Entonces fui a la casa de la señora Alexander, que es la puerta de al lado de la casa de la señora Shears, y llamé a la puerta.

Entonces la señora Alexander abrió la puerta y dijo:

—Christopher, ¿qué demonios te ha pasado?

Y yo dije:

—¿Puede cuidar de *Toby* por mí?

Y ella dijo:

—¿Quién es Toby?

Y yo dije:

—*Toby* es mi rata.

Entonces la señora Alexander dijo:

—Ah..., sí. Ahora me acuerdo. Me lo contaste.

Entonces sostuve en alto la jaula de *Toby* y dije:

—Es éste.

La señora Alexander retrocedió un paso hacia su vestíbulo. Y yo dije:

—Come bolitas especiales y puede comprarlas en una tienda de animales. Pero también come galletas y zanahorias y pan y huesos de pollo. Pero no debe darle chocolate porque tiene cafeína y teobromina, que son metilxantinas, y es venenoso para las ratas en grandes cantidades. Y necesita agua fresca en su botella todos los días. Y no le importa estar en la casa de otra persona porque es un animal. Y le gusta salir de su jaula, pero no pasa nada si usted no lo saca.

Entonces la señora Alexander dijo:

—¿Por qué necesitas que alguien cuide de *Toby*, Christopher?

Y yo dije:

—Me voy a Londres.

—¿Para cuánto tiempo? —dijo ella.

Y yo dije:

—Hasta que vaya a la universidad.

Y ella dijo:

—¿No puedes llevarte a *Toby* contigo?

Y yo dije:

—Londres está muy lejos y no quiero llevármelo en el tren porque se me puede perder.

Y la señora Alexander dijo:

—Es verdad. —Y luego dijo—: ¿Vais a mudaros tú y tu padre?

Y yo dije:

—No.

Y ella dijo:

—Bueno, ¿y por qué te vas a Londres?

Y yo dije:

—Me voy a vivir con Madre.

—Pensaba que me habías dicho que tu madre había muerto —dijo ella.

Y yo dije:

—Pensaba que había muerto, pero aún está viva. Y Padre me mintió. Y además me dijo que él mató a *Wellington*.

Y la señora Alexander dijo:

—Dios mío.

Y yo dije:

—Me voy a vivir con mi madre porque Padre mató a *Wellington* y me mintió y me da miedo estar en la casa con él.

Y la señora Alexander dijo:

—¿Está aquí tu madre?

Y yo dije:

—No. Madre está en Londres.

—¿Así que te vas a Londres tú solo? —dijo.

—Sí —dije yo.

Y ella dijo:

—Mira, Christopher, ¿por qué no entras y te sientas y hablamos un poco de esto para ver qué podemos hacer?

Y yo dije:

—No. No puedo entrar. ¿Cuidará de *Toby* por mí?

Y ella dijo:

—No creo que sea una buena idea, Christopher.

Y yo no dije nada. Y ella dijo:

—¿Dónde está tu padre en este momento, Christopher?

Y yo dije:

—No lo sé.

Y ella dijo:

—Bueno, quizá deberíamos intentar llamarlo para ver si podemos ponernos en contacto con él. Estoy segura de que está preocupado por ti. Y estoy segura de que ha habido algún terrible malentendido.

Así que me di la vuelta y crucé la calle corriendo para volver a casa. Y no miré antes de cruzar la calle y un Mini amarillo tuvo que parar y los neumáticos chirriaron en la calle. Y rodeé la casa corriendo y volví a entrar por la verja del jardín y cerré con cerrojo la puerta detrás de mí.

Traté de abrir la puerta de la cocina pero estaba cerrada con llave. Así que cogí un ladrillo que estaba en el suelo y lo arrojé contra la ventana y el cristal se hizo añicos por todas partes. Entonces metí el brazo a través del cristal roto y abrí la puerta desde dentro.

Entré en la casa y dejé a *Toby* sobre la mesa de la cocina. Entonces subí corriendo las escaleras y cogí mi mochila del colegio y metí en ella un poco de comida para *Toby* y algunos de mis libros de matemáticas y unos pantalones limpios y un chaleco y una camisa limpia. Entonces volví a bajar, abrí la nevera y metí un cartón de zumo de naranja en mi mochila, y una botella de leche que estaba sin abrir. Y cogí dos clementinas más y un paquete de galletas y dos latas de judías estofadas del armario y las metí también en mi mochila, porque podía abrirlas con el abrelatas de mi navaja del Ejército Suizo.

Entonces miré en la superficie que hay junto al fregadero y vi el teléfono móvil de Padre, y su cartera y su agenda y sentí *la piel... fría bajo la ropa* como el doctor Watson en *El signo de los cuatro* cuando ve las minúsculas pisadas de Tonga, el isleño de las Andaman, en el tejado de la casa de Bartholomew Sholto en Norwood, porque pensé que Padre había vuelto y que estaba en la casa, y el dolor en mi cabeza empeoró mucho. Pero entonces rebobiné las imágenes en mi mente y vi que su furgoneta no estaba aparcada fuera de la casa, así que debía de haberse dejado el móvil y la cartera y la agenda al salir de la casa. Cogí la cartera y saqué la tarjeta del cajero automático, porque así podría sacar dinero, porque la tarjeta tiene un número secreto, que es el código que uno introduce en la máquina para sacar dinero, y Padre no lo había escrito en un lugar seguro, que es lo que se supone que has de hacer, sino que me lo había dicho a mí porque dijo que yo nunca lo olvidaría. Era 3558. Y me metí la tarjeta en el bolsillo.

Entonces saqué a *Toby* de su jaula y me lo metí en el bolsillo de uno de mis abrigos, porque la jaula era muy pesada para llevarla hasta Londres. Y entonces volví a salir al jardín por la puerta de la cocina.

Salí por la verja del jardín y me aseguré de que no hubiese nadie mirando, y entonces empecé a caminar hacia el colegio, porque era una dirección que conocía, y cuando llegara al colegio podía preguntarle a Siobhan dónde estaba la estación de tren.

Normalmente, de haber ido andando al colegio, me habría asustado cada vez más, porque nunca lo había hecho antes. Pero estaba asustado por dos motivos diferentes. Por estar lejos de un sitio al que estaba acostumbrado, y por estar cerca de donde Padre vivía, y eran *inversamente proporcionales el uno al otro*, así que el total de miedo seguía siendo una constante a medida que me alejaba de casa y me alejaba de Padre, así

$$Miedo_{total} \approx Miedo_{a\ sitio\ nuevo} \times Miedo_{cerca\ de\ Padre} \approx constante$$

El autobús tarda 19 minutos en llegar al colegio desde nuestra casa, pero yo tardé 47 minutos en recorrer la misma distancia caminando, así que estaba muy cansado cuando llegué y esperaba poder quedarme en el colegio un ratito y tomarme unas galletas y un poco de zumo de naranja antes de irme a la estación. Pero no pude, porque cuando llegué al colegio vi que la furgoneta de Padre estaba aparcada fuera, en el aparcamiento de coches. Y supe que era su furgoneta porque decía **Mantenimiento de Calefacciones y Reparación de Calderas Ed Boone** en un costado, con unas llaves fijas cruzadas así

Y cuando vi la furgoneta tuve ganas de vomitar. Pero esa vez supe que iba a vomitar, así que no me vomité encima, y sólo vomité en un muro y en la acera, y no había mucho vómito porque no había comido mucho. Y cuando ya había vomitado quise acurrucarme en el suelo y gemir un poco. Pero sabía que si me acurrucaba en el suelo y gemía, Padre saldría del colegio y me vería y me atraparía y me llevaría a casa. Así que inspiré profundamente muchas veces, como Siobhan dice que tengo que hacer si alguien me pega en el colegio, y conté cincuenta respiraciones y me concentré muchísimo en los números y los elevé al cubo a medida que los decía. Y eso hizo que el dolor fuese más suave.

Y entonces me limpié el vómito de la boca y tomé la decisión de que tendría que averiguar cómo llegar a la estación de tren y que lo haría preguntándoselo a alguien, y sería una señora, porque cuando nos hablan del Peligro que suponen los Desconocidos en el colegio dicen que si un hombre se te acerca y te habla y te da miedo debes buscar a una señora y correr hacia ella, porque las señoras son más seguras.

Así que saqué mi navaja del Ejército Suizo y abrí la hoja de la sierra y la sostuve con fuerza en el bolsillo en que no estaba *Toby* para poder apuñalar a alguien si me agarraba y entonces vi a una señora al otro lado de la calle con un bebé en un cochecito y un niño con un elefante de juguete, así que decidí preguntarle. Y esta vez miré a izquierda y derecha y a la izquierda otra vez para que no me atropellara un coche, y crucé la calle. Y le dije a la señora:

—¿Dónde puedo comprar un mapa?

Y ella me dijo:

—¿Perdona?

Y yo dije:

—¿Dónde puedo comprar un mapa? —Y sentí que la mano que sostenía la navaja temblaba aunque yo no la movía.

Y ella dijo:

—Patrick, deja eso, que está sucio. ¿Un mapa de dónde?

Y yo dije:

—Un mapa de aquí.

Y ella dijo:

—No lo sé. —Y entonces dijo—: ¿Adónde quieres ir?

—Voy a la estación de trenes —dije yo.

Y la señora rió y dijo:

—No necesitas un mapa para llegar a la estación.

Y yo dije:

—Sí que lo necesito, porque no sé dónde está la estación de trenes.

—Se ve desde aquí —dijo ella.

Y yo dije:

—No, no la veo. Y además necesito saber dónde hay un cajero automático.

Y ella señaló y dijo:

—Allí. Aquel edificio. En lo alto dice *Signal Point*. En el otro extremo hay un símbolo de los ferrocarriles. La estación está debajo. Patrick, te lo he dicho mil veces, no recojas cosas de la acera para metértelas en la boca.

Y yo miré y vi un edificio con algo escrito arriba pero estaba muy lejos, así que era difícil de leer, y dije:

—¿Quiere decir ese edificio a rayas con las ventanas horizontales?

—Eso es —dijo ella.

Y yo dije:

—¿Cómo llego a ese edificio?

Y ella dijo:

—Caray. —Y entonces dijo—: Sigue a ese autobús. —Y señaló un autobús que pasaba.

Así que eché a correr. Pero los autobuses van realmente deprisa y tuve que asegurarme de que *Toby* no se me cayera del bolsillo. Pero conseguí seguir corriendo detrás del autobús durante mucho rato y crucé 6 calles antes de que girase por otra calle y ya no lo vi más.

Y entonces paré de correr porque respiraba muy fuerte y me dolían las piernas. Y estaba en una calle con montones de tiendas. Y recordé haber estado en esa calle cuando iba de compras con Madre. Y había montones de gente en la calle haciendo sus compras, pero yo no quería que me tocaran, así que caminé al borde de la calzada. Y no me gustó que todas esas personas estuvieran cerca de mí y todo aquel ruido, porque era demasiada información en mi cabeza y hacía que me fuese difícil pensar, como si hubiese gritos en mi cabeza. Así que me tapé los oídos con las manos y gemí muy suavemente.

Y entonces me di cuenta de que podía ver el símbolo ⇄ que había señalado la señora, así que seguí caminando hacia él.

Y entonces ya no pude ver el símbolo ⇄. Y había olvidado recordar dónde estaba el símbolo, y eso me dio miedo porque estaba perdido y porque yo no me olvido de las cosas. Normalmente haría un mapa en mi cabeza y seguiría el mapa, y habría una pequeña cruz en el mapa que indicaría dónde estaba yo, pero había demasiadas interferencias en mi cabeza y eso había hecho que me confundiera. Así que me quedé debajo del toldo verde y blanco en el exterior de una verdulería donde había zanahorias y cebollas y chirivías y brócoli en cajas que tenían dentro una alfombra verde de plástico afelpado, y tracé un plan.

Sabía que la estación de trenes estaba en algún sitio cerca. Y si algo está cerca puedes encontrarlo moviéndote en una espiral, caminando en el sentido de las agujas del reloj y girando siempre a la derecha hasta que vuelvas a una calle por la que ya has caminado, luego cogiendo la siguiente a la izquierda y volver a girar siempre a la derecha, y así sucesivamente, así (pero éste es también un diagrama hipotético, y no un mapa de Swindon)

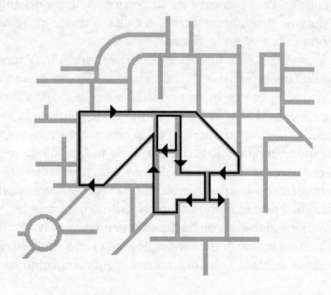

Y así es como encontré la estación de trenes, me concentré intensamente en seguir las reglas y en hacer un mapa del centro de la ciudad en mi cabeza mientras caminaba, y de esa manera me fue más fácil ignorar a toda la gente y todo el ruido alrededor de mí.

Entonces entré en la estación de trenes.

181

Lo veo todo.

Por eso no me gustan los sitios nuevos. Si estoy en un sitio que conozco, como casa, o el colegio, o el autocar, o la tienda, o la calle, lo he visto casi todo antes y todo lo que tengo que hacer es mirar las cosas que han cambiado o se han movido. Por ejemplo, una semana, el póster del **Shakespeare's Globe** se había caído en el colegio y se notaba porque lo habían vuelto a colgar ligeramente torcido hacia la derecha y había tres pequeños círculos de chinchetas en la pared al lado izquierdo del póster. Y al día siguiente alguien había hecho una pintada en la farola 437 de nuestra calle, que es la que hay delante del número 35, y ponía CROW APTOK.

Pero la mayoría de la gente es perezosa. Nunca miran nada. Hacen lo que se llama *echar un vistazo*, que es como chocar contra algo y continuar sin desviar el camino. Y la información en su cabeza es mínima. Por ejemplo, si están en el campo sería

1. Estoy de pie en un campo que está lleno de hierba.
2. Hay algunas vacas en los campos.
3. Hace sol y hay unas cuantas nubes.
4. Hay algunas flores en la hierba.
5. Hay un pueblo a lo lejos.

6. Hay una valla al final del campo y tiene una puerta.

Y entonces dejan de darse cuenta de todo porque están pensando en alguna otra cosa, como «Oh, qué bonito es todo esto» o «Me preocupa haberme dejado encendido el gas en la cocina» o «Me pregunto si Julie ya habrá dado a luz».[12]

Pero si yo estoy de pie delante de un campo me doy cuenta de todo. Por ejemplo, recuerdo estar en un campo el miércoles 15 de junio de 1994, porque Padre y Madre y yo íbamos en coche a Dover para embarcarnos en un ferry hacia Francia, e hicimos lo que Padre llama *seguir la ruta pintoresca*, que significa ir por carreteras secundarias y pararse a comer en un sitio con jardín, y yo tuve que parar para hacer pipí, y fuimos a un campo con vacas y después de que hubiese hecho pipí, miré el campo y me di cuenta de estas cosas

1. Hay 19 vacas en el campo, 15 de las cuales son blancas y negras y 4 de las cuales son marrones y blancas.
2. Hay un pueblo a lo lejos que tiene 31 casas visibles y una iglesia con una torre cuadrada y sin aguja.
3. Hay caballones en el campo, lo que significa que en tiempos medievales era lo que se llama un *campo de bancales*, y los habitantes del pueblo tenían cada uno un bancal para cultivarlo.
4. Hay una vieja bolsa de plástico de Asda en el seto, y una lata aplastada de Coca-Cola con un caracol, y un pedazo largo de cordel naranja.
5. La esquina noreste del campo es la más alta y la esquina suroeste es la más baja (yo tenía una brújula porque íbamos de vacaciones y quería saber dónde estaba Swindon cuando estuviésemos en Francia) y el campo está ligeramente doblado hacia abajo a lo largo de la línea entre esas

---

12. Esto es totalmente cierto porque le pregunté a Siobhan en qué pensaba la gente cuando miraba las cosas y eso fue lo que me dijo.

dos esquinas, o sea que las esquinas noroeste y sureste están ligeramente más bajas de lo que lo estarían si el campo fuese un plano inclinado.

6. Veo tres clases diferentes de hierba y flores de dos colores en la hierba.
7. Casi todas las vacas están de cara a la colina.

Y había 31 cosas más en esa lista de cosas de las que yo me di cuenta, pero Siobhan dijo que no hacía falta que las escribiera todas. Y significa que para mí es muy cansado cuando estoy en un sitio nuevo porque veo todas esas cosas, y si alguien me preguntara después cómo eran las vacas, podría preguntarles que cuál de ellas, y podría dibujarlas en casa y decir que una vaca particular tenía manchas como éstas

Me doy cuenta de que he dicho una mentira en el **Capítulo 13**, al decir «Yo no sé contar chistes ni hacer juegos de palabras», porque sí que sé contar 3 chistes, porque los entiendo, y uno de ellos es sobre una vaca. Siobhan me dijo que no tenía que volver atrás y cambiar lo que escribí en el **Capítulo 13** porque no importa, porque no es una mentira, tan sólo una *aclaración*.

Y éste es el chiste.

Hay tres hombres en un tren. Uno de ellos es economista, el otro lógico y el tercero matemático. Acaban de cruzar la frontera para entrar en Escocia (no sé por qué van a Escocia) y ven una vaca marrón en un campo desde la ventanilla del tren (la vaca está paralela al tren).

Y el economista dice:

—Mirad, en Escocia las vacas son marrones.

Y el lógico dice:

—No. En Escocia hay vacas de las cuales una, por lo menos, es marrón.

Y el matemático dice:

—No. En Escocia hay por lo menos una vaca, un costado de la cual parece ser marrón.

Y es divertido porque los economistas no son en realidad científicos, y los lógicos piensan con mayor claridad, pero los matemáticos son los mejores.

Cuando estoy en un sitio nuevo, como lo veo todo, es como cuando un ordenador está haciendo demasiadas cosas a la vez y el procesador está saturado y ya no queda espacio para pensar en otras cosas. Y cuando estoy en un sitio nuevo y hay montones de personas es incluso más difícil, porque las personas no son como vacas y flores y hierba, y te hablan y hacen cosas que tú no esperas, así que tienes que darte cuenta de todo lo que hay en ese sitio, y además tienes que darte cuenta de las cosas que podrían ocurrir. Y a veces, cuando estoy en un sitio nuevo y hay mucha gente, es como un ordenador que se cuelga, y tengo que cerrar los ojos y taparme las orejas con las manos y gemir, que es como cuando aprietas CONTROL + ALT + SUPR y cierras programas y apagas el ordenador y lo reinicias, para así poder recordar qué estoy haciendo y adónde se supone que debo ir.

Y por eso soy bueno en el ajedrez y las matemáticas y la lógica, porque la mayoría de la gente está casi ciega y no ve la mayor parte de las cosas y tienen muchísimo espacio de sobra en sus cabezas, que están llenas de cosas que no tienen conexión entre sí y que son tonterías, como «me preocupa haberme dejado abierto el gas de la cocina».

191

Mi tren de juguete tenía un pequeño edificio que era dos habitaciones con un pasillo entre ellas. Una era el mostrador donde comprabas los billetes, y la otra era una sala donde esperabas el tren. Pero la estación de Swindon no era así. Había un túnel y unas escaleras y una tienda y cafetería y una sala de espera, así

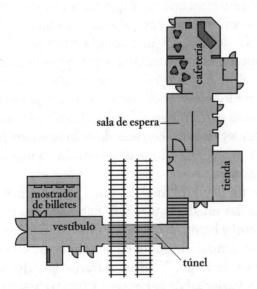

Pero éste no es un mapa muy exacto de la estación porque estaba asustado, así que no me daba cuenta muy bien de las cosas, y esto es sólo lo que recuerdo o sea que es una *aproximación*.

Y era como estar de pie en un precipicio con un viento muy fuerte, porque me hacía sentir aturdido y mareado porque había un montón de gente entrando y saliendo del túnel y resonaba muchísimo y sólo había una forma de entrar y era a través del túnel, y olía a lavabos y a cigarrillos. Así que me apoyé en la pared y me agarré a un letrero que decía **Si desea acceder al aparcamiento le rogamos utilice el teléfono de asistencia a la derecha del mostrador de venta de billetes** para no caerme y me agaché en el suelo. Y quise irme a casa. Pero tenía miedo de irme a casa y traté de hacer un plan en mi cabeza de lo que debía hacer, pero había demasiadas cosas que ver y oír.

Así que me tapé las orejas con las manos para bloquear el ruido y pensar. Y pensé que tenía que quedarme en la estación para subirme a un tren y que tenía que sentarme en algún sitio y no había ningún sitio en que sentarse cerca de la puerta de la estación así que tenía que pasar por el túnel. Así que me dije a mí mismo, en mi cabeza, no en voz alta: «Voy a pasar por el túnel y a lo mejor hay un sitio para sentarme y podré cerrar los ojos y podré pensar», y pasé por el túnel tratando de concentrarme en el letrero al final del túnel que decía ATENCIÓN **circuito cerrado de televisión en funcionamiento**. Y fue como cruzar el precipicio caminando sobre una cuerda floja.

Y por fin llegué al final del túnel y había unas escaleras y subí por las escaleras y seguía habiendo un montón de gente y gemí y había una tienda y una habitación con sillas, pero había demasiada gente en la habitación con sillas, así que la pasé de largo. Y había letreros que decían **Great Western** y **variedad de cervezas** y CUIDADO, SUELO MOJADO y **Sus 50 peniques mantendrán con vida 1,8 segundos a** un bebé prematuro y transformamos los viajes y **Refres-cante y diferente** y ES DELICIOSO Y CREMOSO Y SÓLO CUES-TA **1 libra con 30** CHOCOLATE CALIENTE DE LUJO y **0870 777 7676** y **El Limonero** y **Prohibido Fumar** y **Té de calidad** y había unas mesitas con sillas junto a ellas y en una de las mesas no había nadie sentado y estaba en un rincón y me senté en una de las sillas y cerré los ojos. Y metí las manos en los bolsillos y *Toby* se me subió a la mano y le di dos bolitas de comida de rata de mi mochila y agarré la navaja del Ejército Suizo con la otra mano, y gemí para tapar el ruido porque me había quitado las manos de las orejas, pero no tan alto como para que la gente me oyera y viniese a hablar conmigo.

Y entonces intenté pensar en lo que tenía que hacer, pero no podía pensar, porque había demasiadas otras cosas en mi cabeza, así que hice un problema de matemáticas para despejarme un poco la cabeza.

Y el problema de matemáticas que hice se llama **Los soldados de Conway**. En **Los soldados de Conway** tienes un tablero de ajedrez que continúa hasta el infinito en todas direcciones y cada cuadro por debajo de una línea horizontal está coloreado, así

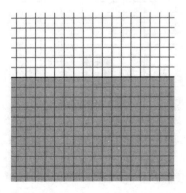

Puedes mover cuadro coloreado sólo si puede saltar sobre otro cuadro coloreado horizontal o verticalmente (pero no en diagonal) hacia un cuadro vacío dos cuadros más allá. Y cuando mueves un cuadro coloreado de esa manera tienes que quitar el cuadro coloreado que ése ha saltado, así

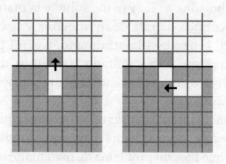

Y tienes que intentar llevar los cuadros coloreados lo más arriba posible por encima de la línea horizontal del principio, y empiezas haciendo algo así

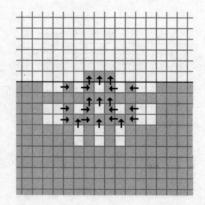

Y entonces haces algo así

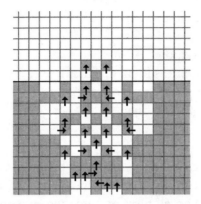

Y yo sé cuál es la respuesta, porque por mucho que muevas los cuadros coloreados nunca llevarás uno más allá de 4 cuadros por encima de la línea horizontal del principio, pero es un buen problema de mates para hacer cuando no quieres pensar en otra cosa, porque puedes hacerlo tan complicado como lo necesites para llenar tu cerebro, haciendo el tablero tan grande como quieras y los movimientos tan complicados como quieras.

Yo había llegado a

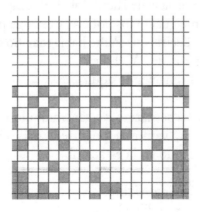

Y entonces levanté la mirada y vi que había un policía de pie delante de mí y que me decía:

—¿Hay alguien en casa? —Pero yo no sabía qué significaba eso.

Y entonces dijo:

—¿Te encuentras bien, jovencito?

Lo miré y pensé un momento para contestar correctamente a la pregunta y dije:

—No.

Y él dijo:

—No tienes lo que se dice muy buena pinta.

Llevaba un anillo de oro en uno de sus dedos y tenía unas letras grabadas en él, pero no pude ver qué eran. Entonces dijo:

—La señora de la cafetería dice que llevas aquí 2 horas y ½ y que cuando ha tratado de hablar contigo estabas en un absoluto trance.

Entonces dijo:

—¿Cómo te llamas?

Y yo dije:

—Christopher Boone.

—¿Dónde vives? —dijo.

Y yo dije:

—En el 36 de la calle Randolph. —Y empecé a sentirme mejor porque me gustan los policías y era una pregunta fácil, y pensé si debía decirle que Padre había matado a *Wellington*, y si iba a arrestar a Padre. Y él dijo:

—¿Qué estás haciendo aquí?

Y yo dije:

—Necesitaba sentarme y estar tranquilo y pensar.

—Muy bien, vamos a ponértelo más fácil —dijo—. ¿Qué estás haciendo en la estación?

Y yo dije:

—Me voy a ver a Madre.

—¿A Madre? —dijo él.

Y yo dije:

—Sí, a Madre.

Y él dijo:

—¿Cuándo sale tu tren?

—No lo sé —dije—. Vive en Londres. No sé cuándo salen los trenes para Londres.

Y él dijo:

—Así pues, ¿no vives con tu madre?

Y yo dije:

—No, pero voy a hacerlo.

Y entonces se sentó a mi lado y dijo:

—Bueno, ¿dónde vive tu madre?

—En Londres —dije.

Y él dijo:

—Sí, pero ¿en qué sitio de Londres?

Y yo dije:

—451c Chapter Road, Londres NW2 5NG.

—Dios santo. ¿Qué es eso? —dijo.

Y yo bajé la mirada y dije:

—Es mi rata doméstica, *Toby*. —Porque asomaba la cabeza de mi bolsillo y miraba al policía.

Y el policía dijo:

—¿Una rata doméstica?

Y yo dije:

—Sí, una rata doméstica. Es muy limpia y no tiene la peste bubónica.

Y el policía dijo:

—Bueno, tranquiliza saberlo.

—Sí —dije yo.

Y él dijo:

—¿Tienes billete?

Y yo dije:

—No.

—¿Tienes dinero para comprar un billete? —dijo él.

Y yo dije:

—No.

Y él dijo:

—Bueno, pues entonces ¿cómo piensas llegar a Londres?

Y entonces no supe qué decir porque tenía la tarjeta del cajero de Padre en el bolsillo y era ilegal robar cosas, pero él era un policía o sea que tenía que decirle la verdad, así que dije:

—Tengo una tarjeta de cajero automático. —Y la saqué del bolsillo y se la enseñé.

Y eso fue una mentira piadosa.

Pero el policía dijo:

—¿Es tuya esa tarjeta?

Y entonces pensé que podía arrestarme, y dije:

—No, es de Padre.

—¿De Padre? —dijo.

Y yo dije:

—Sí, de Padre.

Y él dijo:

—Vale —pero lo dijo muy despacio y apretándose la nariz con el pulgar y el índice.

Y yo dije:

—Me dijo el número. —Lo cual era otra mentira piadosa.

Y él dijo:

—¿Por qué no nos damos tú y yo un paseíto hasta el cajero automático, eh?

Y yo dije:

—No debe tocarme.

—¿Por qué iba a querer tocarte? —dijo él.

Y yo dije:

—No lo sé.

Y él dijo:

—Bueno, pues yo tampoco.

Y yo dije:

—Porque me dieron una amonestación por pegarle a un policía, pero yo no pretendía hacerle daño, y si lo hago otra vez voy a meterme en problemas aún peores.

Entonces me miró y dijo:

—Hablas en serio, ¿verdad?

—Sí —dije yo.

Y él dijo:

—Ve tú delante.

Y yo dije:

—¿Adónde?

Y él dijo:

—Detrás de la oficina de venta de billetes. —Y señaló con el pulgar.

Y entonces volvimos a pasar a través del túnel, pero no me dio tanto miedo porque iba un policía conmigo.

Y metí la tarjeta del cajero en la máquina como Padre me había dejado hacer algunas veces cuando íbamos de compras juntos y la máquina dijo INTRODUZCA SU NÚMERO SECRETO y tecleé 3558 y apreté el botón de **validar** y la máquina dijo POR FAVOR INTRODUZCA EL IMPORTE y había varias opciones

← £10   £20 →
← £50   £100 →
Otro importe
(sólo múltiplos de 10) →

Y le pregunté al policía:

—¿Cuánto cuesta sacar un billete a Londres?

Y él me dijo:

—Unas 30 cucas.

Y yo dije:

—¿Eso son libras?

Y él dijo:

—Por todos los santos. —Y se rió. Pero yo no me reí porque a mí no me gusta que la gente se ría de mí, ni siquiera aunque sean policías. Y él dejó de reírse y dijo—: Sí. Son 30 libras.

Así que apreté el botón de £50 y salieron de la máquina cinco billetes de 10 libras, y un recibo, y yo me metí los billetes y el recibo y la tarjeta en el bolsillo.

Y el policía dijo:

—Bueno, supongo que ya no debo tenerte más rato de charla.

Y yo dije:

—¿De dónde saco un billete para el tren? —Porque si estás perdido y necesitas que te orienten puedes preguntarle a un policía.

Y él dijo:

—Eres lo que se dice todo un ejemplar, ¿eh, muchacho?

Y yo dije:

—¿De dónde saco un billete para el tren? —porque no había contestado a mi pregunta.

Y él dijo:

—Allí dentro. —Y señaló y había una gran habitación con una ventanilla al otro lado de la puerta de la estación, y entonces dijo—: A ver, ¿estás seguro de que sabes lo que haces?

Y yo dije:

—Sí. Voy a Londres a vivir con mi madre.

Y él dijo:

—¿Tu madre tiene un número de teléfono?

—Sí —dije.

Y el policía dijo:

—¿Y puedes decirme cuál es?

Y yo dije:

—Sí. Es 0208 887 8907.

Y él dijo:

—La llamarás si te metes en algún lío, ¿de acuerdo?

Y yo dije:

—Sí. —Porque sabía que podías llamar a la gente desde las cabinas telefónicas si tenías dinero, y yo ya tenía dinero.

Y él dijo:

—Bien.

Y caminé hacia la habitación de venta de billetes y me di la vuelta y vi que el policía aún estaba mirándome así que me sentí a salvo. Y había un gran mostrador en el otro lado de la gran habitación y una ventanilla sobre el mostrador y había un hombre de pie delante de la ventanilla, y otro detrás de la ventanilla, y yo le dije al hombre de detrás de la ventanilla:

—Quiero ir a Londres.

Y el hombre de delante de la ventanilla dijo:

—Si no te importa.

Y se volvió de manera que su espalda quedó hacia mí y el hombre de detrás de la ventanilla le dio un pedacito de papel para firmar y él lo firmó y lo pasó otra vez por debajo de la ventana y el hombre de detrás de la ventanilla le dio un billete. El hombre de delante de la ventanilla me miró y dijo:

—¿Qué coño miras? —Y entonces se alejó.

Tenía rizos de rastafari, que es lo que tienen algunas personas negras, pero él era blanco, y rizos de rastafari es cuando nunca te lavas el pelo y parece una cuerda vieja. Y llevaba pantalones rojos con estrellas. Y yo agarré mi navaja del Ejército Suizo por si me tocaba.

Y entonces no había nadie delante de la ventanilla y le dije al hombre de detrás de la ventanilla:

—Quiero ir a Londres. —Y no había tenido miedo cuando estaba con el policía pero me di la vuelta y vi que ya se había ido y me asusté otra vez, así que traté de imaginarme que estaba jugando a un juego en mi ordenador, y que se llamaba **Un tren a Londres** y que era como **Myst** y **The Eleventh Hour,** y tenías que resolver montones de problemas diferentes para acceder al siguiente nivel, y podía desconectarlo en cualquier momento.

Y el hombre dijo:

—¿De ida o con retorno?

—¿Qué significa *de ida o con retorno*? —dije yo.

Y él dijo:

—¿Quieres ir nada más, o quieres ir y volver?

Y yo dije:

—Cuando llegue allí quiero quedarme allí.

Y él dijo:

—¿Durante cuánto tiempo?

—Hasta que vaya a la universidad —dije.

Y él dijo:

—Ida, entonces. —Y luego dijo—: Son 17 libras.

Y le di los 5 billetes de 10 libras y él me devolvió 30 libras y me dijo:

—No lo vayas malgastando.

Y entonces me dio un pequeño billete amarillo y naranja y 3 libras en monedas y yo me lo metí todo en el bolsillo con mi navaja. Y no me gustó que el billete fuera medio amarillo pero tuve que quedármelo porque era mi billete de tren.

Y entonces el hombre dijo:

—Haz el favor de apartarte del mostrador.

Y yo dije:

—¿Cuándo es el tren para Londres?

Y él miró su reloj y dijo:

—Andén 1, en cinco minutos.

Y yo dije:

—¿Dónde está el Andén 1?

Y él señaló y dijo:

—Coge el paso subterráneo y sube las escaleras. Ya verás los letreros.

Y *paso subterráneo* significaba *túnel* porque veía adónde estaba señalando, así que salí de la oficina de venta de billetes, pero no era para nada como en un juego de ordenador porque yo estaba en medio de él y era como si todos los letreros me estuvieran gritando y alguien chocó conmigo cuando pasaba e hice un ruido como el de un perro al ladrar para asustarle.

Y me imaginé en mi cabeza una gran línea roja a través del suelo que empezaba a mis pies y recorría todo el túnel, y empecé a caminar por la línea roja, diciendo «Izquierda, derecha, izquierda, derecha, izquierda, derecha», porque a veces cuanto estoy asustado o enfadado, me ayuda hacer algo que tenga ritmo, como tamborilear, que es algo que Siobhan me enseñó a hacer.

Y subí las escaleras y vi un letrero que decía ← **Andén 1** y la ← señalaba hacia una puerta de cristal o sea que la crucé, y alguien volvió a chocar conmigo con una maleta y yo hice otro ruido como el de un perro al ladrar, y dijo «A ver si vigilas por dónde vas, joder», pero hice como que era uno de los Demonios Guardianes de **Un tren a Londres.** Y ahí estaba el tren. Y vi a un hombre con un periódico y una bolsa de palos de golf acercarse a una de las puertas del tren y apretar un botón y las puertas eran electrónicas y se abrieron deslizándose y eso me gustó. Y entonces las puertas se cerraron detrás de él.

Y entonces miré mi reloj y habían pasado 3 minutos desde que estuviera en la oficina de billetes, lo que significaba que el tren se iría al cabo de 2 minutos.

Y entonces me acerqué a la puerta y apreté el botón grande, y las puertas se abrieron deslizándose y pasé a través de las puertas.

Y estaba en el tren a Londres.

193

Cuando solía jugar con mi tren de juguete me hacía un horario, porque a mí me gustaban los horarios. Y me gustan los horarios porque me gusta saber cuándo van a pasar las cosas.

Y éste era mi horario cuando vivía en casa con Padre y pensaba que Madre había muerto de un ataque al corazón (éste era el horario para un lunes y además es una *aproximación*).

7.20 Despertarme	9.00 Hora de entrada al colegio
7.25 Lavarme los dientes y la cara	9.15 Primera clase de la mañana
7.30 Darle a *Toby* comida y agua	10.30 Recreo
7.40 Desayunar	10.50 Clase de Manualidades con la señora Peters[13]
8.00 Ponerme la ropa del colegio	12.30 Almuerzo
8.05 Hacer la mochila del colegio	13.00 Primera clase de la tarde
8.10 Leer un libro o ver un vídeo	14.15 Segunda clase de la tarde
8.32 Coger el autocar del colegio	15.30 Coger el autocar del colegio de vuelta a casa
8.43 Pasar por delante de la tienda de peces tropicales	15.49 Bajar del autocar del colegio en casa
8.51 Llegar al colegio	

---

13. En la clase de Manualidades hacemos Manualidades, pero en la Primera clase de la mañana y la Primera clase de la tarde y la Segunda clase de la tarde

15.50 Tomarme un zumo y algo de picar
15.55 Darle a *Toby* comida y agua
16.00 Sacar a *Toby* de su jaula
16.18 Meter a *Toby* en su jaula
16.20 Ver la televisión o un vídeo
17.00 Leer un libro
18.00 Tomar el té
18.30 Ver la televisión o un vídeo

19.00 Practicar matemáticas
20.00 Darme un baño
20.15 Ponerme el pijama
20.20 Jugar a algo en el ordenador
21.00 Ver la televisión o un vídeo
21.20 Tomarme un zumo y algo de picar
21.30 Irme a la cama

Y el fin de semana me hago mi propio horario y lo escribo en un pedazo de cartón y lo cuelgo en la pared. Y dice cosas como **Dar de comer a *Toby*** o **Hacer mates** o **Ir a la tienda a comprar chuches**. Y ésa es una de las otras razones por las que no me gusta Francia, porque cuando la gente está de vacaciones no tienen un horario y yo tenía que hacer que Madre y Padre me dijeran cada mañana qué íbamos a hacer exactamente ese día para sentirme mejor.

Porque el tiempo no es como el espacio. Cuando dejas algo en algún sitio, como un transportador o una galleta, puedes tener un mapa en la cabeza para decirte dónde lo has dejado, pero incluso aunque no tengas un mapa seguirá estando allí, porque un mapa es una *representación* de cosas que existen en la realidad, así que puedes volver a encontrar el transportador o la galleta. Y un horario es un mapa del tiempo, sólo que si no tienes un horario, el tiempo no esta ahí como el rellano y el jardín y la ruta al colegio. Porque el tiempo no es más que la relación entre la forma en que cambian cosas distintas, como que la Tierra gire alrededor del Sol y los átomos vibren y los relojes hagan tictac y el día y la noche y despertarse e irse a dormir, y es como el oeste o el nornoroeste, que no existirán cuando la Tierra deje de existir y caiga hacia el Sol, porque es sólo una relación entre el Polo Norte

---

hacemos montones de cosas como *Lectura* y *Controles* y *Aptitudes Sociales* y *Cuidar de los Animales* y *Qué Hicimos el Fin de Semana* y *Escritura* y *Matemáticas* y *Peligros que suponen los Desconocidos* y *Dinero* e *Higiene Personal*.

y el Polo Sur y todos los demás sitios, como Mogadiscio y Sunderland y Canberra.

Y no es una relación fija como la relación entre nuestra casa y la casa de la señora Shears, o como la relación entre 7 y 865, sino que depende de a qué velocidad vayas con relación a un punto específico. Y si te vas en una nave espacial y viajas cerca de la velocidad de la luz, puedes volver y descubrir que toda tu familia está muerta y tú aún eres joven y será el futuro, pero tu reloj dirá que sólo has estado fuera durante unos días o unos meses.

Y como nada puede viajar más rápido que la velocidad de la luz, eso significa que sólo podemos conocer una fracción de las cosas que pasan en el universo, así

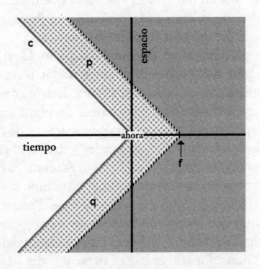

Éste es un mapa de todo y de todas partes, y el futuro está a la derecha y el pasado a la izquierda, y el gradiente de la línea c es la velocidad de la luz, pero no podemos saber nada de las cosas que pasan en las zonas sombreadas ni siquiera aunque algunas de ellas hayan pasado ya, pero cuando lleguemos a f será posible saber algo sobre las cosas que pasan en las zonas más claras p y q.

Y esto significa que el tiempo es un misterio, y que no es ni siquiera una cosa, y nadie ha resuelto jamás el rompecabezas de qué es el tiempo exactamente. Y por eso, si te pierdes en el tiempo es como perderse en un desierto, sólo que no puedes ver el desierto porque no es una cosa.

Y por eso a mí me gustan los horarios, porque son la garantía de que no te vas a perder en el tiempo.

Había montones de gente en el tren, y eso no me gustó, porque no me gustan los montones de gente que no conozco y aún lo odio más si estoy apretujado en una habitación con montones de gente que no conozco, y un tren es como una habitación y no puedes salir de él cuando está en marcha. Y me hizo pensar en la vez que tuve que volver del colegio en el coche, porque el autocar se había estropeado y Madre vino y me recogió y la señora Peters le preguntó a Madre si podía llevar a Jack y Polly a casa, porque sus madres no podían venir a recogerlos, y Madre dijo que sí. Pero yo empecé a gritar en el coche porque había demasiadas personas en él y Jack y Polly no iban a mi clase y Jack da cabezazos contra las cosas y hace un ruido como el de un animal, y traté de salir del coche, pero aún estaba en movimiento y me caí a la calle y tuvieron que ponerme puntos en la cabeza, y tuvieron que afeitarme el pelo y tardó 3 meses en volver a crecerme como estaba antes.

Así que me quedé muy quieto en el vagón del tren.

Y entonces oí que alguien decía:

—Christopher.

Y pensé que sería alguien que yo conocía, como un profesor del colegio o una de las personas que viven en nuestra calle, pero no lo era. Era otra vez el policía. Y me dijo:

—Te he pillado justo a tiempo. —Y respiraba muy agita-
damente y se sujetaba las rodillas.

Y yo no dije nada.

Y él dijo:

—Tenemos a tu padre en la comisaría.

Y pensé que iba a decir que habían arrestado a Padre por
matar a *Wellington*, pero no lo hizo. Dijo:

—Te está buscando.

Y yo dije:

—Ya lo sé.

Y él dijo:

—Bueno, ¿y por qué te vas a Londres?

—Porque me voy a vivir con Madre —dije yo.

Y él dijo:

—Bueno, pienso que tu padre quizá tenga algo que decir
al respecto.

Y entonces pensé que iba a llevarme de vuelta con Padre
y eso me daba miedo porque él era un policía y se supone que
los policías son buenos, así que empecé a correr, pero él me
agarró y yo grité. Y entonces me soltó. Y dijo:

—Bueno, a ver, no nos pongamos nerviosos. —Y entonces dijo—: Voy a llevarte conmigo a la comisaría y tú y yo y tu
padre podremos sentarnos y charlar un poco sobre quién va
adónde.

Y yo dije:

—Yo me voy a vivir con Madre, en Londres.

—No, ahora mismo no —dijo él.

Y yo dije:

—¿Han arrestado a Padre?

Y él dijo:

—¿Arrestarlo? ¿Por qué?

Y yo dije:

—Mató a un perro. Con una horca de jardín. El perro se
llamaba *Wellington*.

Y el policía dijo:

—¿De verdad hizo eso?

—Sí, lo hizo —dije.

Y él dijo:

—Bueno, también podemos hablar sobre eso. —Y entonces dijo—: Vamos, jovencito, creo que ya has corrido suficientes aventuras por un día.

Y entonces tendió una mano para tocarme otra vez y yo empecé a gritar otra vez, y él dijo:

—Ahora escúchame, mocoso. O haces lo que te digo o voy a tener que hacerte…

Y entonces el tren dio una sacudida y empezó a moverse.

Y entonces el policía dijo:

—Me cago en la leche.

Y entonces miró al techo del tren y puso las manos juntas delante de su boca como hace la gente cuando le rezan a Dios en el cielo y respiró muy fuerte contra sus manos e hizo un ruido como un silbido, y entonces paró, porque el tren dio una sacudida otra vez y tuvo que cogerse de una de las agarraderas que colgaba del techo. Y entonces dijo:

—No te muevas.

Sacó el walkie-talkie y apretó un botón y dijo:

—¿Rob…? Sí, soy yo, Nigel. Estoy atrapado en el maldito tren. Ajá. Ni siquiera… Mira, para en Didcot Parkway. Haz que alguien venga a recogernos con un coche… Gracias. Dile a su viejo que lo tenemos, pero que vamos a tardar un ratito, ¿de acuerdo? Genial.

Y entonces desconectó el walkie-talkie y dijo:

—Vamos a sentarnos. —Y señaló dos asientos alargados cerca de allí que estaban uno frente al otro, y dijo—: Siéntate ahí. Y nada de hacer el payaso.

Y la gente que estaba sentada en los asientos se levantó y se fue porque él era policía y nos sentamos uno delante del otro. Y él dijo:

—Eres todo un elemento, chico. Jesús.

Y me pregunté si el policía me ayudaría a encontrar 451c Chapter Road, Londres NW2 5NG.

Y miré por la ventanilla y estábamos pasando fábricas y cementerios de coches llenos de coches viejos y había 4 caravanas en un campo lleno de barro, con 2 perros y ropa tendida.

Y fuera de la ventanilla era como un mapa, sólo que en 3 dimensiones y a tamaño natural porque era lo que el mapa representaba. Y había tantas cosas en él que me dolió la cabeza, así que cerré los ojos, pero entonces volví a abrirlos porque era como volar, pero más cerca del suelo, y yo creo que volar es bueno. Y entonces empezó el campo y había campos de cultivo y vacas y caballos y un puente y una granja y más casas y montones de carreteras pequeñas con coches en ellas. Y eso me hizo pensar que debía de haber millones de kilómetros de vía de tren en el mundo y que todas pasan por delante de casas y carreteras y ríos y campos, y eso me hizo pensar en cuánta gente debe de vivir en el mundo y que todos tienen casas y carreteras por las que viajar y coches y mascotas y ropa y todos comen y se van a la cama y tienen nombres y eso hizo que me doliera la cabeza, también, así que cerré otra vez los ojos y conté y gemí.

Y cuando abrí los ojos el policía estaba leyendo un periódico llamado *The Sun*, y en la primera plana ponía **El escándalo de 3 millones de libras de la amiguita de Anderson** y llevaba la foto de un hombre y debajo otra foto de una señora en sujetador.

Entonces practiqué un poco de mates en mi cabeza, resolviendo ecuaciones de segundo grado, utilizando la fórmula

$$x = \frac{-b \pm \sqrt{(b^2 - 4ac)}}{2a}$$

Y entonces tuve ganas de hacer pipí, pero estaba en un tren. No sabía cuánto tardaríamos en llegar a Londres y sentí que me entraba el pánico, así que empecé a tamborilear rítmicamente en el cristal con los nudillos para no pensar que tenía ganas de hacer pipí, y miré el reloj y esperé 17 minutos, pero cuando tengo ganas de hacer pipí, tengo que ir muy deprisa, que es por lo que me gusta estar en casa o en el colegio, y siempre voy a hacer pipí antes de subir al autocar, y por eso se me escapó un poquito y me mojé los pantalones.

Y entonces el policía me miró y dijo:

—Oh, Dios santo, te has… —Y entonces bajó el periódico y dijo—: Por el amor de Dios, ve al maldito lavabo, ¿quieres?

Y yo dije:

—Pero estoy en un tren.

Y él dijo:

—En los trenes hay lavabos, ¿sabes?

Y yo dije:

—¿Dónde está el lavabo en el tren?

Y el policía señaló y dijo:

—Pasando por esas puertas, allí. Pero te estaré echando un ojo, ¿entendido?

Y yo dije:

—No —porque sabía lo que significaba *echando un ojo*, y él no podría vigilarme cuando yo estuviera en el lavabo.

Y dijo:

—Maldita sea, ve al lavabo y ya está.

Así que me levanté de mi asiento y cerré los ojos de forma que mis párpados no dejaran más que dos ranuras para no ver a las demás personas en el tren, y caminé hasta la puerta, y cuando pasé a través de la puerta había otra puerta a la derecha y estaba medio abierta y decía LAVABO, así que entré.

Y dentro era horrible porque había caca en el asiento del váter y olía a caca, como el lavabo del colegio cuando Joseph ha ido a hacer caca solo, porque juega con ella.

Y yo no quería usar el váter por la caca, que era caca de gente que yo no conocía y era marrón, pero tenía que hacerlo, porque realmente tenía ganas de hacer pipí. Así que cerré los ojos e hice pipí y el tren se tambaleó y mucho fue a parar al asiento y al suelo, pero me sequé el pene con papel de váter y tiré de la cadena. Entonces traté de usar el lavamanos pero el grifo no funcionaba, así que me escupí en las manos y me las sequé con un pañuelo de papel y lo tiré al váter.

Entonces salí del lavabo y vi que enfrente del lavabo había dos estantes con maletas y una mochila y eso me hizo pensar en el armario del lavadero de casa y en que a veces me meto en él y eso hace que me sienta a salvo. Así que me subí al estante de en medio y moví una de las maletas como si fuera una puerta de manera que me quedé encerrado. Estaba oscuro y no había nadie allí conmigo y no se oía hablar a la gente así que me sentí mucho más tranquilo.

Y entonces hice más ecuaciones de segundo grado como

$$0 = 437x^2 + 103x + 11$$

y

$$0 = 79x^2 + 43x + 2089$$

e hice que algunos de los coeficientes fueran mayores, de manera que fueran difíciles de resolver.

Y entonces el tren empezó a reducir la velocidad y alguien vino y se quedó de pie cerca del estante y llamó a la puerta del lavabo, y era el policía y dijo:

—¿Christopher...? ¿Christopher...? —Y entonces abrió la puerta del lavabo y dijo—: Maldita sea —Y estaba realmente cerca o sea que le vi el walkie-talkie y la porra en el cinturón y alcancé a oler su loción para después del afeitado, pero él no me vio a mí, y yo no dije nada porque no quería que me llevara con Padre.

Y entonces se fue otra vez, corriendo.

El tren se paró, y me pregunté si sería Londres, pero no me moví porque no quería que el policía me encontrara.

Y entonces vino una señora con un jersey de lana, con abejas y flores, y cogió la mochila del estante de encima de mi cabeza y dijo:

—Me has dado un susto de muerte.

Pero yo no dije nada. Y entonces ella dijo:

—Creo que alguien te está buscando ahí fuera en el andén.

Pero yo seguí sin decir nada.

Y ella dijo:

—Bueno, es asunto tuyo. —Y se fue.

Y entonces pasaron tres personas más y una de ellas era un hombre negro con un largo vestido blanco y puso un gran paquete en el estante encima de mi cabeza pero no me vio.

Y entonces el tren empezó a moverse otra vez.

199

La gente cree en Dios porque el mundo es muy complicado. Creen que es muy improbable que algo tan complicado como una ardilla voladora o el ojo humano o un cerebro llegue a existir por casualidad. Pero deberían pensar lógicamente, y si pensaran lógicamente, verían que sólo pueden hacerse esa pregunta porque eso ya ha sucedido y ellos existen. Hay billones de planetas en los que no hay vida, pero en esos planetas no hay nadie con cerebro para darse cuenta. Y es como si toda la gente en el mundo arrojara monedas al aire, a alguien acabaría por salirle cruz 5.698 veces seguidas y se creerían muy especiales. Pero no lo serían, porque habría millones de personas a quienes no les saldría cruz 5.698 veces.

En la Tierra hay vida por culpa de un accidente, pero un tipo de accidente muy especial. Y para que ese accidente ocurra de esa manera especial, tienen que darse 3 *Condiciones*. Y éstas son

1. Las cosas tienen que hacer copias de sí mismas (esto se llama **Duplicación**)
2. Tienen que cometer pequeños errores al hacer eso (esto se llama **Mutación**)
3. Esos errores tienen que ser los mismos en sus copias (esto se llama **Herencia**)

Y estas condiciones son muy raras, pero son posibles, y causan la vida. Y eso simplemente ocurre. Y el resultado final no tiene por qué ser necesariamente rinocerontes y seres humanos y ballenas. Puede ser cualquier cosa.

Por ejemplo, algunas personas dicen ¿cómo puede un ojo llegar a existir por accidente? Porque un ojo tiene que haber evolucionado desde algo muy parecido a un ojo, y no existir sólo a causa de un error genético, y ¿qué utilidad tendría medio ojo? Pero resulta que medio ojo es muy útil porque medio ojo significa que un animal puede ver a medio animal que quiere comérselo y quitarse de en medio, y éste acabará comiéndose al animal que sólo tenga un tercio de un ojo o un 49 % de un ojo en lugar de a él, porque se ha quitado de en medio lo bastante rápido, y el animal al que se coman no tendrá bebés porque estará muerto. Y un 1 % de ojo es mejor que ningún ojo.

Y la gente que cree en Dios piensa que Dios ha puesto seres humanos en la Tierra porque piensa que los seres humanos son el mejor animal, pero los seres humanos sólo son un animal y evolucionarán hasta ser otro animal, y ese animal será más listo y meterá a los seres humanos en un zoo, como ponemos a los chimpancés y a los gorilas en el zoo. O los seres humanos cogerán todos una enfermedad y se extinguirán o producirán demasiada contaminación y se matarán a ellos mismos, y entonces sólo habrá insectos en el mundo y ellos serán el mejor animal.

211

Entonces me pregunté si debería haberme bajado del tren si es que acababa de parar en Londres, y tuve miedo porque si el tren iba a algún otro sitio sería un sitio donde yo no conocería a nadie.

Y entonces alguien fue al lavabo y entonces volvió a salir, pero no me vio. Y pude oler su caca, y era diferente del olor de la caca que yo había olido en el lavabo cuando había ido.

Y entonces el tren volvió a pararse, y pensé en bajarme del estante, ir a buscar mi mochila y bajarme del tren. Pero no quería que me encontrara el policía y me llevara con Padre, así que me quedé en el estante y no me moví, y esta vez nadie me vio.

Y entonces me acordé de que había un mapa en la pared de una de las clases en el colegio, un mapa de Inglaterra y Escocia y Gales, que mostraba dónde estaban todas las ciudades, y me lo imaginé con Swindon y Londres, y en mi cabeza se veía así

Había estado mirando el reloj desde que el tren había salido a las **12.59**, y la primera parada había sido a las **13.16**, 17 minutos más tarde. Ahora eran las **13.39**, que eran 23 minutos después de la parada, lo que significaba que estaríamos en el mar si el tren no había trazado una gran curva. Pero yo no sabía si eso es lo que había hecho el tren.

Y entonces hubo 4 paradas más y entraron personas y se llevaron maletas de los estantes y 2 personas pusieron maletas en los estantes, pero nadie movió la maleta grande que estaba delante de mí y sólo una persona me vio, un hombre de traje, y dijo: «Joder, mira que eres raro, tío.» Y 6 personas fueron al lavabo pero no hicieron cacas que yo pudiese oler, lo cual estuvo bien.

Y entonces el tren se paró, y una señora con un abrigo impermeable amarillo vino y cogió la maleta grande y dijo:

—¿La has tocado?

Y yo dije:

—Sí.

Y entonces se marchó.

Y entonces un hombre se paró delante del estante y dijo:

—Ven a ver esto, Barry. Aquí hay un elfo de los trenes.

Y vino otro hombre y se colocó a su lado y dijo:

—Bueno, es que los dos hemos bebido.

Y el primer hombre dijo:

—Quizá deberíamos darle de comer, como a las cabras.

Y el segundo hombre dijo:

—Tú si que estás como una cabra, joder.

Y el primero dijo:

—Vamos, déjalo ya, gilipollas. Necesito más cervezas antes de que se me pase la borrachera.

Y entonces se marcharon.

El tren se quedó realmente en silencio y no volvió a moverse y no oí a nadie. Así que decidí bajarme del estante, ir a buscar mi mochila y ver si el policía aún estaba sentado en su asiento.

Así que me bajé del estante y miré por la puerta, pero el policía no estaba allí. Y mi mochila también había desaparecido, con la comida de *Toby* y mis libros de mates y mis pantalones y mi chaleco y mi camisa y el zumo de naranja y la leche y las natillas y las judías cocidas.

Entonces oí el ruido de pasos y me volví y era otro policía, no el que estaba antes en el tren, y lo vi a través de la puerta, en el siguiente vagón, y estaba mirando debajo de los asientos. Y decidí que ya no me gustaban tanto los policías, así que me bajé del tren.

Y cuando vi cómo era de grande la sala en la que estaba el tren y oí lo ruidosa y resonante que era, tuve que arrodillarme en el suelo porque pensé que me caía. Y cuando estaba arrodillado en el suelo decidí hacia dónde caminaría, y decidí que caminaría en la dirección en la que venía el tren al llegar a la estación, porque si ésa era la última parada, entonces Londres debía estar en esa dirección.

Así que me levanté e imaginé que había una gran línea roja en el suelo que corría paralela al tren hacia la salida que había en el otro extremo y caminé por ella diciendo:

—Izquierda, derecha, izquierda, derecha… —otra vez, como antes.

Y cuando llegué a la salida un hombre me dijo:

—Creo que alguien te anda buscando, hijo.

Y yo dije:

—¿Quién me anda buscando? —porque pensé que podía ser Madre y que el policía de Swindon la había llamado con el número de teléfono que yo le había dicho.

Pero el hombre dijo:

—Un policía.

Y yo dije:

—Ya lo sé.

Y él dijo:

—Ah, ya veo. —Y entonces dijo—: Espera aquí, entonces, y yo iré a decírselo. —Y se alejó caminando junto al tren.

Así que seguí caminando. Y aún sentía como si tuviera un globo dentro de mi pecho, y me dolía y me tapé las orejas con las manos y fui a apoyarme contra la pared de una pequeña tienda que decía **Reservas de hoteles y teatros Tel: 0207 402 5164** en medio de la gran habitación, y entonces me quité las manos de las orejas y gemí para tapar el ruido y miré alrededor de la gran habitación a todos los letreros para ver si eso era Londres. Y los letreros decían

Pastelería **Aeropuerto de Heathrow Facture aquí su equipaje** *Bagel Factory* **COMA** *calidad y sabor excelentes* **YO!** sushi **Stationlink** Autobuses W H Smith Entreplanta **Heathrow Express** Clinique Sala de Espera Primera Clase FULLERS easyCar.com *The Mad Bishop and Bear Public House* Fuller's London Pride Dixons **Nuestro Precio** Paddington Bear en la estación de Paddington **Billetes** Taxis †† **Lavabos** Primeros Auxilios **Eastbourne Terrace** ington Salida **Praed Street The Lawn** Hagan cola aquí, por favor Upper Crust Sainsbury's ⓘ **Información;** Great Western First Ⓟ **Ventanilla cerrada Cerrado** Ventanilla cerrada Calcetines Venta rápida de billetes ⊗ **Galletas de Millie** Café FERGIE SE QUEDA EN EL MANCHESTER UNITED **Galletas y bollería recién hechas** Bebidas frescas **Pago de infracciones** Aviso **Pastas saladas** Andenes 9-14 ***Burger King*** **¡Recién hechos!** the reef° café bar **viajes de negocios** *edición especial* TOP 75 ALBUMS Evening Standard

Pero al cabo de unos segundos eran así

Pasathr☠☠■owO■Aerfacsuequip*agtory*O**M**da**dysa**
borexce🔲!suusetHeesertotuWHSmithENTELANTA
Stat✳ieo*Bho*athrniqueSadeEsperaClaULLERopuer*B*
SeasyCar.com*TheMp*anPadAutoFuler'sLonPr^{don}i
dePai**Lava**a**tr**DzzixonsNuestro*is*PrAuxding🖹⚓enlaesta
ecioPad**lle**ilioston ✝**boune**Bitescixisón**bos** ┿🌐de
Pad◗Tadingmeros✱✖EasPrironTerrace■■■ington
S✝**Stre**Crust**♠tasd**✔🖥ealidaERGIE🏯Pra①&ed**Cal**
le**ceti**9-14ry's[buetLawn🏛HaThe**gan**FSEQueFIRST
cola**lle**🔯 🎏tasyboUp📖peraq6uíMil◑*Bur*p""◔or**dadeb**ifa
vor**infrac4**TERUNITED**tassala** ✝ ←Aidas**maci**fresféb
Sai①nsInfoBeb**rón**✚✚Great**llería**WESVENTrá
piaNI2LLA**cios**©CER*iso*®RADACer✖ ♯✳theradoVe
n3ta**cione**◑🔀snill!◉aELMANCer↗🔀*hechos!*8⑨🖩④➔◗
radaCalnesVenta®TERn¡R**lletes**①lie**Caf**🔀Ж③éDAEN-
CHES**Garec**Ande**ién**🕐cashechas**Pade**♀Av**Pasda**
9sne🔀 □s*cién*reef°**nego❼**caar**viajes**14*edici*
al🜍🔲●deTO✳□P&🖹🖷UMSEvedard

porque había demasiados y mi cerebro no estaba funcionando correctamente y eso me daba miedo, así que cerré los ojos otra vez y conté lentamente hasta 50 pero sin elevarlos al cubo. Y me quedé allí de pie y abrí mi navaja del Ejército Suizo en el bolsillo para sentirme a salvo y la sujeté con fuerza.

Y entonces hice con los dedos de la mano un pequeño tubo y miré a través del tubo de forma que sólo veía los letreros de uno en uno, y al cabo de mucho rato vi un letrero que decía ① **Información** y estaba encima de una ventanilla, en una tienda pequeña.

Un hombre se acercó a mí, llevaba una chaqueta azul y unos pantalones azules y unos zapatos marrones, y tenía un libro en la mano y dijo:

—Pareces perdido.

Así que saqué mi navaja del Ejército Suizo.

Y él dijo:

—Eh. Eh. Eh. Eh. —Y levantó las dos manos con los dedos extendidos en abanico, como si quisiera que yo extendiera mis dedos en abanico y le tocara sus dedos porque quisiera decirme que me quería, pero lo hizo con las dos manos, no como Padre y Madre, y yo no sabía quién era.

Y entonces se alejó caminando para atrás.

Así que fui a la tienda que decía ⓘ **Información** y sentía el corazón latiéndome muy fuerte y oía un ruido como el del mar. Y cuando llegué a la ventana dije:

—¿Esto es Londres? —pero no había nadie detrás de la ventana.

Entonces alguien se sentó detrás de la ventana, era una señora y era negra y tenía las uñas largas pintadas de rosa, y yo dije:

—¿Esto es Londres?

Y ella dijo:

—Desde luego que lo es, cariño.

—¿Esto es Londres? —dije.

Y ella dijo:

—Pues sí.

Y yo dije:

—¿Cómo voy al 451c de Chapter Road, Londres NW2 5NG?

Y ella dijo:

—¿Dónde está eso?

Y yo dije:

—Es 451c Chapter Road, Londres NW2 5NG. A veces se escribe *451c Chapter Road, Willesden, Londres NW2 5NG*.

Y la señora me dijo:

—Ve en metro hasta Willesden Junction, cariño. O hasta Willesden Green. Tiene que quedar por allí cerca.

—¿Qué quiere decir, en metro? —dije yo.

Y ella dijo:

—¿Me tomas el pelo?

Y yo no dije nada. Y ella dijo:

—Por allí. ¿Ves esas escaleras mecánicas? ¿Ves el letrero? Dice Metro. Coge la línea de Bakerloo hasta Willesden Junction o la Jubilee hasta Willesden Green. ¿Estás bien, cariño?

Y miré donde ella señalaba y había una gran escalera que entraba en el suelo y un gran letrero así

Y pensé *Puedo hacerlo* porque estaba haciéndolo pero que muy bien y estaba en Londres y encontraría a mi madre. Tenía que pensar *Las personas son como vacas en el campo*, y sólo tenía que mirar delante todo el rato e imaginar una línea roja en el suelo y seguirla.

Caminé a través de la gran sala hacia las escaleras mecánicas. Seguí agarrando mi navaja del Ejército Suizo en el bolsillo, y agarré a *Toby* en el otro bolsillo para que no se escapara.

La escalera mecánica era una escalera, pero se movía, y la gente se subía a ella e iba abajo y arriba, y me hizo reír porque no había subido antes en una y era como de una película de ciencia ficción sobre el futuro. Pero no quise utilizarla, así que en lugar de eso bajé por la escalera normal.

Llegué a una habitación subterránea más pequeña, y había montones de gente y columnas que tenían luces azules en el suelo alrededor de la base y me gustaron, pero no me gusta la gente, así que vi un fotomatón como uno al que fui el 25 de marzo de 1994 para hacerme mi foto para el pasaporte, y entré en el fotomatón porque era como un armario y en él me sentía a salvo y podía mirar afuera a través de la cortina.

Investigué un poco observando y vi que la gente metía billetes en unas puertas grises y pasaban a través de ellas. Algunos compraban billetes en unas grandes máquinas negras en la pared.

Y vi hacer eso a 47 personas y memoricé lo que tenía que hacer. Entonces imaginé una línea roja en el suelo y caminé hasta la pared donde había un cartel con una lista de sitios a los que ir y estaban en orden alfabético y vi Willesden Green y decía 2,20 £ y entonces fui a una de las máquinas y había una pequeña pantalla que decía SELECCIONE TIPO DE BILLE-TE y apreté el botón que la mayoría de gente apretaba, que era IDA ADULTO y 2,20 £ y la pantalla dijo INTRODUZCA 2,20 £ y yo metí 3 monedas de 1 £ en la ranura y se oyó un tintineo y la pantalla dijo RETIRE SU BILLETE Y SU CAMBIO y había un billete en un pequeño agujero en la parte inferior, y una moneda de 50 p y una moneda de 20 p y una moneda de 10 p. Me metí las monedas en el bolsillo y fui a una de las puertas grises, metí mi billete en la ranura y desapareció y salió por el otro lado de la puerta. Y alguien dijo «Venga, espabila» y yo hice el ruido como el de un perro que ladra y caminé, y esa vez la puerta se abrió y cogí mi billete como hacía la otra gente y me gustó la puerta gris, porque también era como de una película de ciencia ficción sobre el futuro.

Entonces tenía que decidir hacia dónde ir, así que me apoyé contra una pared para que la gente no me tocara, y había un letrero para la **Línea Bakerloo** y **Línea District y Circle** pero ninguno de **Línea Jubilee** como había dicho la señora, así que decidí ir a *Willesden Junction* en la *Línea Bakerloo*.

Y había otro letrero de la Línea Bakerloo y era así

← Línea Bakerloo   andén 3   andén 4

Harrow & Wealdstone ⇄
Kenton
Northwick Park
South Kenton
North Wembley
Wembley Central
Stonebridge Park
Harlesden
Willesden Junction ⇄
Kensal Green
Queens Park
↑ Kilburn Park ⇄
Maida Vale
Warwick Avenue
○ Paddington ⇄
Edgeware Road
Marylebone ⇄
↓ Baker Street
Regent's Park
Oxford Circus
Piccadilly Circus
Charing Cross ⇄
Embankment
Waterloo ⇄
Lambeth North
Elephant & Castle ⇄

Y leí todas las palabras y encontré **Willesden Junction** así que seguí la flecha que decía ← y pasé por el túnel de la izquierda y había una valla en medio del túnel y la gente caminaba hacia delante por la izquierda y en el otro sentido por la derecha, como en una carretera, así que caminé por la izquierda y el túnel se curvó hacia la izquierda y entonces había más puertas y un letrero que decía **Línea Bakerloo** y señalaba hacia unas escaleras mecánicas, así que tuve que bajar por las escaleras mecánicas y para no caerme tuve que agarrarme a la barandilla de goma que también se movía, y la gente estaba de pie cerca de mí y quise pegarles para que se fueran, pero no les pegué porque tenía una amonestación.

Y entonces llegué al pie de las escaleras mecánicas y tuve que bajar de un salto y tropecé y choqué con alguien que dijo «Tranquilo, chico» y había dos direcciones que seguir. Una decía **Dirección Norte** y fui por ésa porque **Willesden** estaba en la mitad superior del mapa y la parte superior siempre es el norte en los mapas.

Y entonces estaba en otra estación de tren, pero era muy pequeña y estaba en un túnel y sólo había una vía y las paredes eran curvas y estaban cubiertas de grandes anuncios que decían SALIDA y **Museo del Transporte de Londres** y **Concédase tiempo para lamentar la carrera que ha escogido** y JAMAICA y ⇌ **Ferrocarriles Británicos** y ⊗ **Prohibido Fumar** y **Emociónate** y **Emociónate** y **Emociónate** y **Para estaciones más allá de Queen's Park coja el primer tren y haga trasbordo en Queen's Park si lo necesita** y **Línea Hammersmith y City** y **Estás más cerca de mí que mi familia.** Y había montones de personas de pie en la pequeña estación y era subterránea o sea que no había ventanas y eso no me gustaba, así que encontré un banco y me senté.

Y entonces montones de personas empezaron a llegar a la pequeña estación. Y alguien se sentó en la otra punta del banco y era una señora que tenía un maletín negro y zapatos morados y un broche en forma de loro. Y no paraba de llegar gente a la pequeña estación, de manera que aún estaba más abarrotada que la estación grande. Y entonces ya no se veían las paredes y la chaqueta de alguien me tocó la rodilla y me mareé y empecé a gemir muy alto y la señora del banco se levantó y nadie más se sentó. Y me sentí como me sentía cuando tenía gripe y tenía que quedarme todo el día en la cama y me dolía todo y no podía caminar o comer o irme a dormir o hacer matemáticas.

Y entonces hubo un ruido como el de gente luchando con espadas y sentí un viento muy fuerte y empezó a oírse un rugido y cerré los ojos y el rugido se volvió más fuerte y yo gemí pero que muy alto, pero no pude quitármelo de las orejas, y pensé que la pequeña estación iba a derrumbarse o que había un gran incendio en alguna parte y que iba a morir. Y entonces el rugido se convirtió en un traqueteo y un chirrido y se fue calmando lentamente y entonces paró y yo mantuve los ojos cerrados porque me sentía más seguro sin ver qué pasaba. Y entonces oí que la gente se movía otra vez. Y abrí los ojos y no vi nada al principio porque había demasiada gente. Y entonces vi que estaban subiendo a un tren que antes no estaba ahí y era el tren lo que había rugido. Y me caía el sudor por la cara y estaba gimoteando, no gimiendo, era diferente, como un perro cuando se ha hecho daño en la pezuña y oía el ruido, pero al principio no me di cuenta de que lo hacía yo.

Y entonces las puertas del tren se cerraron y el tren empezó a moverse y rugió otra vez, pero no tan fuerte esta vez y pasaron de largo 5 vagones y entró en el túnel al final de la pequeña estación y hubo silencio otra vez y la gente caminaba hacia los túneles que salían de la pequeña estación.

Y yo estaba temblando, quería estar de vuelta en casa, y entonces me acordé de que no podía porque Padre estaba allí y me había contado una mentira y había matado a *Wellington*, lo que significaba que ya no era mi casa, mi casa era 451c Chapter Road, Londres NW2 5NG, y me dio miedo lo de pensar algo equivocado, como *quiero estar de vuelta en casa otra vez*, porque eso significaba que mi mente no estaba funcionando correctamente.

Y entonces llegó más gente a la pequeña estación y se llenó y el rugido empezó otra vez y yo cerré los ojos y sudé y me mareé y tuve la sensación de que tenía un globo dentro del pecho y era tan grande que me costaba respirar. Y entonces la gente se fue en el tren y la pequeña estación se quedó vacía otra vez. Y entonces se llenó de gente y llegó otro tren con el mismo rugido. Y era exactamente como aquella vez que tuve la gripe, porque quería que se fuera, como se desenchufa un ordenador cuando se cuelga, porque quería irme a dormir para no tener que pensar, porque lo único que podía pensar era cuánto me dolía, porque no había sitio para nada más en mi cabeza, pero no podía irme a dormir y sólo podía quedarme allí sentado y no había nada que hacer excepto esperar y sentir dolor.

223

Ésta es otra descripción, porque Siobhan dijo que debía hacer descripciones y ésta es una descripción del anuncio que estaba en la pared de la pequeña estación enfrente de mí, pero no me acuerdo de todo porque pensaba que me iba a morir. Decía

Vacaciones de ensueño
Piense en Kuoni
en Malasia

Y detrás de las letras había una gran fotografía de 2 orangutanes que se columpiaban de unas ramas y había árboles detrás de ellos, pero las hojas estaban borrosas porque la cámara enfocaba los orangutanes y no las hojas y los orangutanes se estaban moviendo.

Orangután viene del malayo *oranghutan* que significa *hombre de los bosques.*

Los anuncios son imágenes o programas de televisión para hacerte comprar cosas como coches o chocolatinas Snickers o usar un servidor de Internet. Pero éste era un anuncio para hacer que fueras a Malasia de vacaciones. Y Malasia está en el sureste de Asia y está formada por la Malasia Peninsular y Sabah y Sarawak y Labuan, y la capital es Kuala Lumpur y la montaña más alta es el Monte Kinabalu, que tiene 4.101 metros de altitud, pero eso no estaba en el anuncio.

Y Siobhan dice que la gente va de vacaciones para ver cosas nuevas y relajarse, pero eso a mí no me relajaría, y además puedes ver cosas nuevas mirando tierra en un microscopio o dibujando la forma que resulta de la intersección en ángulos rectos de tres varillas circulares de igual grosor. Y creo que hay tantísimas cosas en una sola casa que tardaríamos años en pensar adecuadamente en todas ellas. Además, una cosa es interesante porque pensamos en ella, no porque sea nueva. Por ejemplo, Siobhan me enseñó que si te mojas el dedo y frotas el borde de un vaso fino, haces un ruido como de canción, y puedes poner diferentes cantidades de agua en vasos diferentes y tocar notas diferentes, porque tienen lo que se llama *frecuencias resonantes* diferentes, y puedes tocar una melodía como *Tres ratoncitos ciegos*. Mucha gente tiene vasos finos en su casa y no sabe que se puede hacer eso.

Y el anuncio decía

Malasia, la auténtica Asia.

   Estimulado por las vistas y los aromas, comprenderá que ha llegado a una tierra de contrastes. Usted busca lo tradicional, lo natural y lo cosmopolita. Sus recuerdos irán desde los días en la ciudad a las reservas naturales y a las horas sin hacer nada en la playa. Desde 575 £ por persona.

Llámenos al 01306 747000, acuda a su agencia de viajes o visite la dirección <u>www.kuoni.co.uk</u>.

Otro mundo en cuestión de viajes.

Y había tres imágenes más, y eran muy pequeñas, y eran un palacio y una playa y otro palacio.

Y éste es el aspecto que tenían los orangutanes

227

Seguí con los ojos cerrados y no miré en ningún momento el reloj. Los trenes que entraban y salían de la estación lo hacían con ritmo, como la música o un tambor. Era como contar y decir «Izquierda, derecha, izquierda, derecha, izquierda, derecha...», algo que Siobhan me enseñó a hacer para tranquilizarme. Lo decía en mi cabeza. «Tren que llega. Tren que se para. Tren que se va. Silencio. Tren que llega. Tren que se para. Tren que se va...» como si los trenes estuvieran sólo en mi cabeza. Normalmente no me imagino cosas que no están pasando, porque es una mentira y me hace tener miedo, pero era mejor que ver los trenes entrar y salir de la estación porque eso me hacía tener más miedo aún.

Y no abrí los ojos y no miré mi reloj. Era como estar en una habitación oscura con las cortinas corridas, de manera que no podía ver nada, como cuando te despiertas por la noche y los únicos sonidos que oyes son los de dentro de tu cabeza. Eso lo mejoraba, porque era como si la estación no estuviera allí, fuera de mi cabeza, y yo estuviera en la cama, a salvo.

Y entonces los silencios entre los trenes que venían y se iban se hicieron más y más largos. Oía menos personas en la estación cuando el tren no estaba allí, así que abrí los ojos y miré mi reloj y decía 20.07 y había estado sentado en el banco aproximadamente 5 horas pero no me habían parecido 5 horas, excepto que el trasero me dolía y tenía hambre y sed.

Y entonces me di cuenta de que *Toby* se había perdido, porque no estaba en mi bolsillo, y yo no quería que se perdiera porque no estábamos en casa de Padre o de Madre y no había nadie para darle de comer en la estación y se moriría y podía atropellarlo un tren.

Y entonces levanté la mirada hacia el techo y vi que había una caja larga y negra que era un letrero y que decía

| 1 | Harrow & Wealdstone | 2 min |
| 3 | Queens Park | 7 min |

y entonces la línea de abajo avanzó y desapareció y una línea distinta apareció en su lugar y el letrero decía

| 1 | Harrow & Wealdstone | 1 min |
| 2 | Willesden Junction | 4 min |

Y entonces cambió otra vez y decía

| 1 | Harrow & Wealdstone |
| | ** ENTRANDO EN ESTACIÓN ** |

Y entonces oí el sonido como de gente luchando con espadas y el rugido de un tren que entraba en la estación y deduje que había un gran ordenador en alguna parte y que sabía dónde estaban todos los trenes y enviaba mensajes a las cajas negras en las estaciones para decir cuándo llegaban los trenes, y eso me hizo sentir mejor, porque todo tenía un orden y un plan.

El tren entró en la estación y se paró y 5 personas subieron al tren y otra persona llegó corriendo a la estación y se subió, y 7 personas bajaron del tren y entonces las puertas se cerraron automáticamente y el tren se fue. Y cuando el siguiente tren llegó, ya no tuve tanto miedo, porque el letrero decía **ENTRANDO EN ESTACIÓN** así que yo sabía que iba a pasar.

Y entonces decidí que buscaría a *Toby*, porque sólo había 3 personas en la pequeña estación. Así que me levanté y miré de arriba abajo en la estación y en las puertas que daban a los túneles pero no lo vi por ninguna parte. Miré en la parte más baja, donde estaban las vías.

Y entonces vi dos ratones y eran negros porque estaban cubiertos de porquería. Y eso me gustó, porque a mí me gustan los ratones y las ratas. Pero no eran *Toby*, así que seguí mirando.

Y entonces vi a *Toby*, también estaba en la parte baja donde estaban las vías, y supe que era *Toby* porque era blanco y tenía la forma de un huevo negro en la espalda. Así que bajé a las vías. Se estaba comiendo un pedazo de basura, un viejo papel de caramelo. Y alguien gritó:

—Dios santo. ¿Qué haces?

Y me agaché para coger a *Toby* pero se me escapó. Y caminé tras él y volví a agacharme y dije:

—*Toby… Toby… Toby…* —Y tendí la mano para que pudiese olerme la mano y oler que era yo. Y alguien dijo:

—Sal de ahí, por el amor de Dios. —Y levanté la vista y era un hombre que llevaba una gabardina verde y llevaba zapatos negros y se le veían los calcetines y eran grises con pequeños dibujos de diamantes.

Y yo dije:

—*Toby… Toby… Toby…* —Pero se me volvió a escapar.

Y el hombre con los dibujos de diamantes en los calcetines trató de agarrarme del hombro, así que grité. Y entonces oí el ruido como de gente luchando con espadas y *Toby* empezó a correr otra vez, pero esta vez corrió en el otro sentido, que era pasando por mis pies y lo agarré y lo pillé por la cola.

Y el hombre con los dibujos de diamantes en los calcetines dijo:

—Dios mío, Dios mío.

Y entonces oí el rugido y levanté a *Toby* y lo cogí con las dos manos y él me mordió en el pulgar y empezó a salirme sangre y grité y *Toby* intentó escaparse de mis manos.

Y entonces el rugido se volvió más fuerte y me volví en redondo y vi el tren saliendo del túnel y me iba a atropellar y a matar así que traté de subir de un salto al andén pero estaba muy alto y sostenía a *Toby* con las dos manos.

Entonces el hombre con los dibujos de diamantes en los calcetines me agarró y tiró de mí y yo grité, pero siguió tirando de mí y me levantó hasta el suelo y los dos nos caímos y yo seguí gritando porque me había hecho daño en el hombro. Y entonces el tren entró en la estación y yo me levanté y corrí hasta el banco otra vez y me metí a *Toby* en el bolsillo de dentro de mi chaqueta, y se quedó muy callado, sin moverse.

Y el hombre con los dibujos de diamantes en los calcetines estaba de pie cerca de mí y dijo:

—¿A qué coño te crees que estás jugando?

Pero yo no dije nada.

Y él dijo:

—¿Qué estabas haciendo?

Y las puertas del tren se abrieron y salió gente y había una señora de pie al lado del hombre de los dibujos de diamantes en los calcetines y ella llevaba una funda de guitarra como la que tiene Siobhan.

Y yo dije:

—Estaba buscando a *Toby*. Es mi rata doméstica.

Y el hombre con los dibujos de diamantes en los calcetines dijo:

—Anda la hostia.

Y la señora de la funda de guitarra dijo:

—¿Se encuentra bien el chico?

Y el hombre con los dibujos de diamantes en los calcetines dijo:

—¿Que si él está bien? Joder, vaya par. Dios santo. Conque una rata doméstica. Oh, mierda. Mi tren. —Y entonces corrió hacia el tren y golpeó las puertas que estaban cerradas y el tren empezó a irse y él dijo—: Joder.

Y la señora dijo:

—¿Estás bien? —Y me tocó el brazo así que volví a gritar. Y ella dijo:

—Vale, vale, vale.

Y había una pegatina en la funda de su guitarra y decía

Y yo estaba sentado en el suelo y la mujer se arrodilló sobre una rodilla y dijo:

—¿Puedo hacer algo para ayudarte?

Y si hubiese sido una profesora del colegio yo podría haberle dicho: «¿Dónde está 451c Chapter Road, Willesden, Londres NW2 5NG?», pero era una extraña, así que dije:

—Apártese de mí. —Porque no me gustaba que estuviese tan cerca. Y dije—: Tengo una navaja del Ejército Suizo y tiene una hoja de sierra y podría cortarle los dedos a alguien.

Y ella dijo:

—Vale, amiguito, voy a considerarlo un no. —Y se levantó y se alejó.

Y el hombre con dibujos de diamantes en los calcetines dijo:

—Joder, está más loco que una cabra. Jesús. —Y se apretaba un pañuelo contra la cara y había sangre en el pañuelo.

Y entonces llegó otro tren y el hombre con diamantes en los calcetines y la señora de la funda de guitarra se subieron y el tren se fue otra vez.

Y entonces vinieron 8 trenes más y decidí que me subiría a un tren y entonces decidiría qué hacer.

Así que me subí en el tren siguiente.

Toby trató de salir del bolsillo, así que lo cogí y me lo metí en el bolsillo de fuera y lo agarré con la mano.

En el vagón había 11 personas. No me gustaba estar en una habitación con 11 personas en un túnel, así que me concentré en cosas del vagón. Había letreros que decían **En Escandinavia y Alemania hay 53.963 casas para sus vacaciones** y VITABIOTICS y **3435** y **Multa de 10 £ si carece de billete válido para todo su recorrido** y **Descubra el oro, luego el bronce** y TVIC y EPBIC y **chúpame la polla** y **Bloquear las puertas es peligroso** y BRV y **Con.IC** y HABLA CON EL MUNDO.

Y en las paredes había unos dibujos que eran así

Y en los asientos, los dibujos eran así

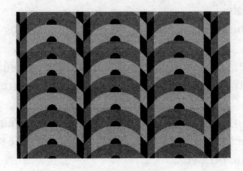

Entonces el tren se tambaleó un montón y tuve que agarrarme a una barandilla y entramos en un túnel y hacía mucho ruido y cerré los ojos y sentí la sangre palpitándome en el cuello.

Y entonces salimos del túnel y llegamos a otra pequeña estación y se llamaba **Warwick Avenue** y lo decía en grandes letras en la pared y eso me gustó, porque sabías dónde estabas.

Y cronometré la distancia entre estaciones durante todo el camino hasta Willesden Junction, y todos los tiempos entre estaciones eran múltiplos de 15 segundos, así

Paddington	0.00
Warwick Avenue	1.30
Maida Vale	3.15
Kilburn Park	5.00
Queen's Park	7.00
Kensal Green	10.30
Willesden Junction	11.45

Y cuando el tren se paró en **Willesden Junction** y las puertas se abrieron automáticamente, me bajé del tren. Y entonces las puertas se cerraron y el tren se fue. Y todos los que se habían bajado del tren subieron por unas escaleras y cruzaron un puente excepto yo, y entonces sólo veía a dos personas, una era un hombre y estaba borracho y tenía manchas marrones en el abrigo y sus zapatos no eran iguales y estaba cantando pero no podía oír lo que cantaba, y el otro era un hombre indio en una tienda que era una pequeña ventana en una pared.

Yo no quería hablar con ninguno de ellos, porque estaba cansado y tenía hambre y ya había hablado con muchos desconocidos, lo cual es peligroso, y cuanto más haces algo peligroso, más probable es que te pase algo malo. Pero yo no sabía cómo llegar a 451c Chapter Road, Londres NW2 5NG, así que tenía que preguntárselo a alguien.

Así que me acerqué al hombre de la pequeña tienda y dije:

—¿Dónde está 451c Chapter Road, Londres NW2 5NG?

Y él cogió un librito y me lo dio y dijo:

—Dos con noventa y cinco.

Y el libro se llamaba *LONDRES de la A a la Z Atlas Callejero e Índice Geográfico de la Compañía de Mapas A-Z* y lo abrí y era un montón de mapas.

Y entonces el hombre de la pequeña tienda dijo:

—¿Vas a comprarlo o no?

Y yo dije:

—No lo sé.

Y él dijo:

—Bueno, pues ya puedes quitarle tus sucias manos de encima, si no te importa. —Y me lo quitó otra vez.

Y yo dije:

—¿Dónde está 451c Chapter Road, Londres NW2 5NG?

Y el hombre dijo:

—O te compras la guía de la A a la Z o te largas. Yo no soy una enciclopedia andante.

—¿Ésa es la guía de la A a la Z? —dije yo y señalé el libro.

Y él dijo:

—No, es un jodido cocodrilo.

Y yo dije:

—¿Ésa es la guía de la A a la Z? —porque no era un cocodrilo y pensé que le había oído mal por culpa de su acento.

227

—Sí, es la guía de la A a la Z —dijo.

Y yo dije:

—¿Puedo comprarla?

Y el hombre no dijo nada. Y yo dije:

—¿Puedo comprarla?

Y él dijo:

—Dos libras con noventa y cinco, pero vas a darme el dinero primero. No pienso dejar que te largues con ella. —Y entonces comprendí que quería decir 2,95 £ cuando dijo *Dos con noventa y cinco.*

Y le pagué 2,95 £ con mi dinero y él me dio el cambio justo igual que en la tienda de casa, y me fui y me senté en el suelo y me apoyé contra la pared, como el hombre de la ropa sucia pero muy lejos de él, y abrí el libro.

Dentro de la portada había un gran mapa de Londres con sitios como **Abbey Wood** y **Poplar** y **Acton** y **Stanmore**. Y decía MAPA PARCELARIO. Y el mapa estaba cubierto con una cuadrícula y cada cuadrado de la cuadrícula tenía dos números en él. Y **Willesden** estaba en el cuadrado que decía **42** y **43**. Y deduje que los números eran los números de las páginas donde podías ver un mapa a mayor escala de ese cuadrado de Londres. El libro entero era un gran mapa de Londres, pero lo habían cortado en trozos más pequeños para poder darle forma de libro, y eso me gustó.

Pero Willesden Junction no estaba en las páginas 42 y 43. Lo encontré en la página 58, que estaba justo debajo de la página 42 en el MAPA PARCELARIO y que se unía por arriba con la página 42. Y miré alrededor de Willesden Junction trazando una espiral, como cuando buscaba la estación de tren en Swindon, pero en el mapa con mi dedo.

Y el hombre que llevaba zapatos que no eran iguales se plantó de pie delante de mí y dijo:

—Peces gordos. Oh, sí. Las enfermeras. Jamás. Maldita mentirosa. Una absoluta y maldita mentirosa.

Entonces se alejó.

Y tardé mucho rato en encontrar Chapter Road porque no estaba en la página 58. Estaba en la de antes, en la 42, y estaba en el cuadrado 5C.

Y ésta era la forma de las calles entre Willesden Junction y Chapter Road

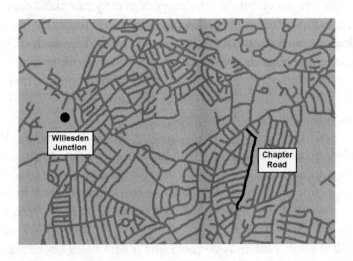

Y ésta era mi ruta

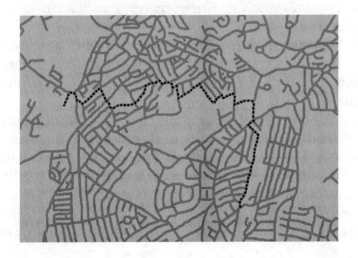

Así que subí por las escaleras, crucé el puente y metí mi billete en la pequeña puerta gris y salí a la calle. Había un autobús y una gran máquina con un letrero que decía **Ferrocarriles de Inglaterra, Gales y Escocia**, pero era amarilla, y miré alrededor y estaba oscuro y había montones de luces brillantes y hacía mucho que no estaba en el exterior y eso hizo que me mareara. Cerré los párpados para ver sólo la forma de las calles y entonces supe qué calles eran **Station Approach** y **Oak Lane,** que eran las calles por las que yo tenía que ir.

Así que empecé a caminar, pero Siobhan dijo que no hacía falta describir todo lo que pasa, sólo tengo que describir las cosas que son interesantes.

Así que llegué a 451c Chapter Road, Londres NW2 5NG y tardé 27 minutos y no había nadie cuando apreté el botón que ponía **Piso C** y lo único interesante que pasó en el camino fue 8 hombres vestidos con disfraces de vikingo con cascos con cuernos que iban gritando, pero no eran vikingos de verdad porque los vikingos vivieron hace casi 2.000 años, y además yo tenía que ir otra vez a hacer pipí y lo hice en un callejón a un lado de un garaje que se llamaba **Burdett Motors,** que estaba cerrado. No me gustó hacer eso, pero no quería mojarme otra vez, y no hubo nada más interesante.

Así que decidí esperar y esperé que Madre no estuviese de vacaciones porque eso significaría que podía estar fuera durante más de una semana entera, pero traté de no pensar en eso, porque no podía volver a Swindon.

Así que me senté en el suelo entre los cubos de basura, bajo unos grandes matorrales, en el pequeño jardín que había delante de 451c Chapter Road, Londres NW2 5NG. Una señora vino al jardín, llevaba una cajita con una reja metálica en un extremo y un asa en la parte de arriba, como las que se usan para llevar un gato al veterinario, pero no pude ver si había un gato dentro, y llevaba zapatos con tacones altos y no me vio.

Y entonces empezó a llover y me mojé y empecé a temblar, porque tenía frío.

Y entonces, a las 23.32 oí voces de gente caminando por la calle. Y una voz dijo:

—No me importa si lo has encontrado divertido o no. —Y era una voz de señora.

Y otra voz dijo:

—Mira, Judy. Lo siento, ¿vale? —Y era una voz de hombre.

Y la otra voz, que era la voz de señora, dijo:

—Bueno, quizá deberías habértelo pensado mejor antes de hacerme quedar como una completa imbécil.

Y la voz de señora era la voz de Madre.

Y Madre entró en el jardín y el señor Shears estaba con ella, y la otra voz era la suya.

Así que me levanté y dije:

—No estabas, así que te he esperado.

Y Madre dijo:

—¿Christopher?

Y el señor Shears dijo:

—¿Qué?

Y Madre me rodeó con sus brazos y dijo:

—Christopher, Christopher, Christopher.

Y yo la aparté de un empujón porque me estaba agarrando y no me gusta que hagan eso, y la empujé muy fuerte y se cayó.

Y el señor Shears dijo:

—¿Qué coño pasa aquí?

Y Madre dijo:

—Lo siento, Christopher. Se me había olvidado.

Y yo estaba en el suelo y Madre levantó la mano derecha y abrió los dedos en abanico para que yo pudiese tocarle los dedos, pero entonces vi que *Toby* se me había escapado del bolsillo así que tenía que atraparlo. Y el señor Shears dijo:

—Supongo que esto significa que Ed está aquí.

Había un muro alrededor del jardín, así que *Toby* no pudo escaparse porque estaba atrapado en el rincón y no podía trepar a los muros, y lo cogí y me lo metí otra vez en el bolsillo y dije:

—Tiene hambre. ¿Tienes algo de comida que pueda darle, y un poco de agua?

Y Madre dijo:

—¿Dónde está tu padre, Christopher?

Y yo dije:

—Creo que está en Swindon.

Y el señor Shears dijo:

—Gracias a Dios.

Y Madre dijo:

—Pero ¿cómo has llegado hasta aquí?

Y los dientes me chocaban unos con otros porque tenía frío y no podía pararlos, y dije:

—He venido en el tren. Y me ha dado muchísimo miedo. Y cogí la tarjeta del cajero automático de Padre para poder sacar dinero y un policía me ayudó. Pero entonces quería llevarme de vuelta con Padre. Y estaba en el tren conmigo. Pero luego ya no estaba.

Y Madre dijo:

—Christopher, estás empapado. Roger, no te quedes ahí de pie.

Y entonces Madre dijo:

—Oh, Dios mío. Christopher. No pensaba que... No pensaba que volvería a… ¿Por qué estás aquí tú solo?

Y el señor Shears dijo:

—¿Vais a entrar o vais a quedaros ahí fuera toda la noche?

Y yo dije:

—Voy a vivir contigo porque Padre mató a *Wellington* con una horca de jardín y ahora me da miedo.

Y el señor Shears dijo:

—Me cago en la leche.

232

Y Madre dijo:

—Roger, por favor. Ven, Christopher. Entremos y te secaré un poco.

Así que me levanté y entré en la casa y Madre dijo:

—Sigue a Roger. —Y seguí al señor Shears escaleras arriba y había un rellano y una puerta que decía Piso C y tenía miedo de entrar porque no sabía qué había dentro.

Y Madre dijo:

—Vamos, entra, o te vas a quedar hecho un cubito. —Pero yo no sabía qué quería decir *te vas a quedar hecho un cubito* y entré.

Y entonces Madre dijo:

—Voy a llenarte la bañera. —Y yo di una vuelta por el piso para hacer un mapa de él en mi cabeza para así sentirme más seguro, y el piso era así

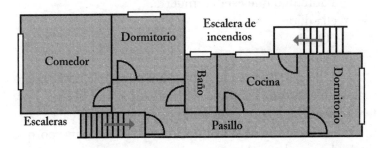

Y entonces Madre me hizo quitarme la ropa y meterme en la bañera y dijo que podía usar su toalla, que era morada con flores verdes en un extremo. Y le dio a *Toby* un platito con agua y un puñado de copos de cereales y yo le dejé corretear por el baño. Y él hizo tres pequeñas caquitas debajo del lavamanos y yo las recogí y las tiré al váter y tiré de la cadena, y entonces volví a entrar en la bañera porque se estaba calentito y bien.

Entonces Madre entró en el cuarto de baño y se sentó en el váter y dijo:

—¿Estás bien, Christopher?

—Estoy muy cansado —dije.

Y ella dijo:

—Ya lo sé, cariño. —Y entonces dijo—: Eres muy valiente.

—Sí —dije yo.

Y ella dijo:

—Nunca me escribiste.

Y yo dije:

—Ya lo sé.

Y ella dijo:

—¿Por qué no me escribiste, Christopher? Yo te escribí todas esas cartas. No dejaba de pensar que te habría pasado algo espantoso, o que te habrías mudado y yo nunca descubriría dónde estabas.

Y yo dije:

—Padre dijo que estabas muerta.

Y ella dijo:

—¿Qué?

Y yo dije:

—Dijo que habías ido al hospital porque le pasaba algo malo a tu corazón. Y entonces tuviste un ataque al corazón y te moriste. Había guardado todas las cartas en una caja de camisas en el armario de su habitación y yo las encontré porque estaba buscando un libro que estoy escribiendo sobre quién había matado a *Wellington* y él me lo había quitado y escondido en la caja de camisas.

Y entonces Madre dijo:

—Dios mío.

Y entonces ya no dijo nada más durante mucho rato. Y entonces hizo un ruido como el gemido de un animal en un programa sobre la naturaleza en la televisión.

Y a mí no me gustó nada que hiciera eso, porque era un ruido fuerte y dije:

—¿Por qué haces eso?

Y ella no dijo nada durante un rato, y entonces dijo:

—Oh, Christopher, lo siento tantísimo.

—No es culpa tuya —dije.

Y entonces ella dijo:

—Cabrón. El muy cabrón.

Y entonces, al cabo de un rato, Madre dijo:

—Christopher, déjame cogerte la mano. Sólo por una vez. Hazlo sólo por mí, ¿quieres? No te la cogeré fuerte. —Y tendió su mano.

—A mí no me gusta que la gente me coja la mano —dije.

Entonces ella apartó la mano y dijo:

—No. Vale. Está bien. —Y entonces dijo—: Vamos a sacarte de la bañera y secarte, ¿vale?

Y yo salí de la bañera y me sequé con la toalla morada. Pero no tenía ningún pijama, así que me puse una camiseta blanca y un par de shorts amarillos que eran de Madre, pero no me importó, porque estaba muy cansado. Y mientras hacía eso, Madre fue a la cocina y me calentó un poco de sopa de tomate, porque era roja.

Y entonces oí que alguien abría la puerta del piso y había una voz de un hombre extraño fuera, así que eché el pestillo de la puerta del baño. Y hubo una discusión fuera y un hombre dijo: «Necesito hablar con él», y Madre dijo: «Ya ha tenido suficiente por un día» y el hombre dijo: «Ya lo sé, pero aun así tengo que hablar con él.»

Y Madre llamó a la puerta y dijo que un policía quería hablar conmigo y que tenía que abrir la puerta. Y dijo que ella no dejaría que me llevara con él y me lo prometió. Así que cogí a *Toby* y abrí la puerta.

Y había un policía fuera y dijo:

—¿Eres Christopher Boone?

Y yo dije que sí. Y él dijo:

—Tu padre dice que te has escapado. ¿Es cierto eso?

—Sí —dije.

Y él dijo:

—¿Ésta es tu madre? —Y señaló a Madre.

Y yo dije:

—Sí.

Y él dijo:

—¿Por qué te has escapado?

Y yo dije:

—Porque Padre mató a *Wellington*, que es un perro, y yo tenía miedo de él.

Y el policía dijo:

—Eso me han dicho. —Y entonces dijo—: ¿Quieres volver a Swindon con tu Padre o quieres quedarte aquí?

—Quiero quedarme aquí —dije.

Y él dijo:

—¿Y qué le parece eso?

Y yo dije:

—Quiero quedarme aquí.

Y el policía dijo:

—Espera. Se lo estaba preguntando a tu madre.

Y Madre dijo:

—Le dijo a Christopher que yo había muerto.

Y el policía dijo:

—Bueno, a ver... No nos metamos ahora en discusiones sobre quién dijo qué. Tan sólo quiero saber si...

Y Madre dijo:

—Por supuesto que puede quedarse.

Y entonces el policía dijo:

—Bueno, creo que eso lo arregla todo, por lo que a mí concierne.

Y yo dije:

—¿Va a llevarme de vuelta a Swindon?

Y él dijo:

—No.

Y entonces me sentí contento porque podía vivir con Madre.

Y el policía dijo:

236

—Si su marido aparece y causa problemas, sólo tiene que llamarnos. De no ser así, van a tener que solucionar este asunto entre ustedes.

Y entonces el policía se marchó y el señor Shears amontonó unas cuantas cajas en la habitación de invitados para poder poner un colchón hinchable en el suelo para que yo durmiera, y me fui a dormir.

Entonces me desperté, porque había personas gritando en el piso y eran las 2.31 de la madrugada. Y una de las personas era Padre y tuve miedo. Pero no había pestillo en la puerta de la habitación de invitados.

Y Padre gritó:

—Voy a hablar con él te guste o no, y no vas a ser precisamente tú quien me diga lo que tengo que hacer.

Y Madre gritó:

—Roger. No, no le…

Y el señor Shears gritó:

—No pienso permitir que me hablen de esa manera en mi propia casa.

Y Padre gritó:

—Yo te hablo como me da la santa gana.

Y Madre gritó:

—No tienes derecho a estar aquí.

Y Padre gritó:

—¿Que no tengo derecho? ¿Que no tengo derecho? Es mi hijo, joder, por si lo habías olvidado.

Y Madre gritó:

—¿A qué demonios te creías que estabas jugando, diciéndole esas cosas?

Y Padre gritó:

—¿Que a qué estaba jugando? Fuiste tú la que se largó, maldita sea.

Y Madre gritó:

—¿Así que decidiste borrarme simplemente de su vida, así, sin más?

Y el señor Shears gritó:

—Bueno, calmémonos todos un poco, ¿de acuerdo?

Y Padre gritó:

—Bueno, ¿no era eso lo que tú querías?

Y Madre gritó:

—Le escribí todas las semanas. Todas las semanas.

Y Padre gritó:

—¿Escribirle? ¿De qué coño servía escribirle?

Y el señor Shears gritó:

—Eh, eh, eh.

Y Padre gritó:

—Yo le he hecho la comida. Le he lavado la ropa. He cuidado de él todos los fines de semana. Lo he llevado al médico. Me he vuelto loco de preocupación cada vez que se largaba a alguna parte por la noche. He ido al colegio cada vez que se metía en una pelea. ¿Y tú? Tú le escribiste unas jodidas cartas.

Y Madre gritó:

—¿Así que te pareció bien decirle que su madre había muerto?

Y el señor Shears gritó:

—Ahora no es el momento.

Y Padre gritó:

—Tú, mueve el culo y sal de aquí o...

Y Madre gritó:

—Ed, por el amor de Dios...

Y Padre dijo:

—Voy a verlo. Y si tratas de impedírmelo...

Y entonces Padre entró en mi habitación. Pero yo sostenía la navaja del Ejército Suizo con la hoja de sierra fuera por si me agarraba. Y Madre entró también en la habitación y dijo:

—No pasa nada, Christopher. No dejaré que te haga nada. Tranquilo.

Y Padre se puso de rodillas cerca de la cama y dijo:

238

—¿Christopher?

Pero yo no dije nada. Y él dijo:

—Christopher, lo siento, de verdad que lo siento. Todo. Lo de *Wellington*. Lo de las cartas. Lo de hacer que te escaparas. Yo nunca quise que… Te prometo que nunca volveré a hacer nada parecido. Eh. Vamos, chaval.

Y entonces levantó la mano derecha y abrió los dedos en abanico para que yo pudiese tocarle los dedos, pero no lo hice porque tenía miedo.

Y Padre dijo:

—Mierda. Christopher, por favor.

Y le caían lágrimas por la cara.

Y nadie dijo nada durante un rato.

Y entonces Madre dijo:

—Ahora creo que deberías marcharte. —Pero hablaba con Padre, no conmigo.

Entonces el policía volvió, porque el señor Shears había llamado a la comisaría, y le dijo a Padre que se calmara y se lo llevó del piso.

Y Madre dijo:

—Ahora vuelve a dormirte. Todo va a salir bien. Te lo prometo.

Y entonces volví a dormirme.

229

Y cuando estaba dormido tuve uno de mis sueños favoritos. A veces lo tengo durante el día, pero entonces es una ensoñación. Pero con frecuencia también lo tengo por la noche.

En el sueño, casi todo el mundo sobre la Tierra está muerto, porque han cogido un virus. Pero no es como un virus normal. Es como un virus de ordenador. Y la gente se contagia por el significado de algo que dice una persona infectada y también por el significado de lo que hace con su cara cuando lo dice, lo que significa que la gente también puede contagiarse viendo a una persona infectada en la televisión, lo que significa que se extiende por todo el mundo con muchísima rapidez.

Cuando la gente se contagia, se quedan sentados en el sofá y no hacen nada y no comen ni beben, o sea que se mueren. Pero a veces tengo versiones diferentes del sueño, como cuando existen dos versiones de una película, la corriente y la *Versión del Director*, como **Blade Runner**. Y en algunas versiones del sueño, el virus hace que se estrellen con sus coches o que entren en el mar y se ahoguen, o que se tiren a los ríos, y creo que esa versión es mejor porque entonces no hay cuerpos de gente muerta por todas partes.

Al final no queda nadie en el mundo, excepto la gente que no mira a la cara de otras personas y que no sabe qué significan estas imágenes

y esas personas son todas personas especiales como yo. Y les gusta estar solas y apenas las veo nunca, porque son como okapis de la selva del Congo, que son una clase de antílopes muy tímidos y raros.

Puedo ir a todas las partes del mundo y sé que nadie me hablará o tocará o me hará una pregunta. Pero si no quiero ir a todas partes, no tengo que hacerlo, y puedo quedarme en casa y comer brócoli y naranjas y regalices todo el tiempo, o puedo jugar a juegos de ordenador durante una semana entera, o puedo simplemente sentarme en un rincón de la habitación y restregar una moneda de una libra de arriba abajo sobre la superficie ondulada del radiador. Y no tengo que ir a Francia.

Y salgo de la casa de Padre y recorro la calle, y está muy tranquila incluso aunque es pleno día y no oigo otro sonido que los pájaros cantando y el viento y a veces los edificios que se derrumban en la distancia, y si me pongo muy cerca de los semáforos puedo oír un pequeño chasquido cuando cambian de color.

Y entro en las casas de otras personas y juego a ser detective y puedo romper las ventanas para entrar porque la gente está muerta y no importa. Y entro en las tiendas y cojo las cosas que quiero, como galletas rosas o gominolas de frambuesa y mango, o juegos de ordenador o libros o vídeos.

Cojo una escalera de la furgoneta de Padre y me subo al tejado. Y cuando llego al borde del tejado pongo la escalera atravesada y camino hasta el siguiente tejado, porque en un sueño se te permite hacerlo todo.

Y entonces encuentro las llaves del coche de alguien y me meto en su coche y conduzco, y no importa si choco con las cosas y conduzco hacia el mar, y aparco el coche y salgo y está lloviendo mucho. Y cojo un helado de una tienda y me lo como. Y entonces bajo hasta la playa. Y la playa está cubierta de arena y grandes rocas y hay un faro en una punta, pero la luz no está encendida porque el farero está muerto.

Y me quedo de pie en la orilla, y el agua me moja los zapatos. Y no nado por si hay tiburones. Y me quedo de pie y miro hacia el horizonte y saco mi regla larga de metal y la sostengo en alto contra la línea entre el mar y el cielo y demuestro que la línea es una curva y que la Tierra es redonda. Y la forma en que el agua sube hasta taparme los zapatos y luego baja es un ritmo, como la música o un tambor.

Y entonces cojo ropa seca de la casa de una familia que está muerta. Y me voy a casa, a la de Padre, sólo que ya no es la casa de Padre, es la mía. Y me preparo un poco de Gobi Aloo Sag con colorante rojo para comida y un batido de fresa, y veo un vídeo sobre el Sistema Solar y juego un poco con el ordenador y me voy a la cama.

Y entonces el sueño se acaba y yo estoy contento.

233

A la mañana siguiente desayuné tomates fritos y una lata de judías verdes que Madre me había calentado en un cazo.

En medio del desayuno, el señor Shears dijo:

—Vale. Puede quedarse unos días.

Y Madre dijo:

—Puede quedarse el tiempo que necesite quedarse.

Y el señor Shears dijo:

—Este piso apenas es bastante grande para dos personas, no digamos ya para tres.

Y Madre dijo:

—Puede entender lo que estás diciendo, ¿sabes?

Y el señor Shears dijo:

—¿Qué va a hacer? Aquí no hay colegio para él. Los dos trabajamos. Maldita sea, es ridículo.

Y Madre dijo:

—Roger, ya es suficiente.

Entonces Madre me preparó un té Red Zinger con azúcar pero no me gustó y luego dijo:

—Puedes quedarte todo el tiempo que quieras.

Y después de que el señor Shears se hubiese ido a trabajar, Madre hizo una llamada por teléfono a la oficina y cogió lo que se llama *Baja por Motivos Familiares*, que es cuando alguien en tu familia se muere o está enfermo.

Entonces dijo que teníamos que ir a comprar algo de ropa para mí y un pijama y un cepillo de dientes y una manopla. Así que salimos del piso y caminamos hasta la calle principal, Hill Lane, que es también la A4088, y estaba llenísima de gente y cogimos un autobús nº 266 hasta el centro comercial de Brent Cross. Había demasiada gente en John Lewis y me dio miedo y me tumbé en el suelo cerca de los relojes de pulsera y grité y Madre tuvo que llevarme a casa en un taxi.

Entonces ella tuvo que volver al centro comercial para comprarme algo de ropa y un pijama y un cepillo de dientes y una manopla, así que yo me quedé en la habitación de invitados mientras ella no estaba, porque no quería estar en la misma habitación que el señor Shears, porque tenía miedo de él.

Y cuando Madre llegó a casa me trajo un vaso de batido de fresa y me enseñó mi nuevo pijama, y tenía un dibujo de estrellas azules de 5 puntas sobre un fondo morado, así

Y yo dije:

—Tengo que volver a Swindon.

Y Madre dijo:

—Christopher, si acabas de llegar.

Y yo dije:

—Tengo que volver porque tengo que presentarme al examen de bachiller superior en Matemáticas.

Y Madre dijo:

—¿Te estás sacando el bachillerato en Matemáticas?

Y yo dije:

—Sí. Voy a examinarme el miércoles y el jueves y el viernes de la semana que viene.

Y Madre dijo:

—Dios santo.

Y yo dije:

—El reverendo Peters va a ser el supervisor.

Y Madre dijo:

—Lo que quiero decir es que eso está muy bien.

Y yo dije:

—Voy a sacar un sobresaliente. Y por eso tengo que volver a Swindon. Sólo que no quiero ver a Padre. O sea que tengo que volver a Swindon contigo.

Entonces Madre se tapó la cara con las manos y respiró con fuerza y dijo:

—No sé si eso va a ser posible.

Y yo dije:

—Pero tengo que ir.

Y Madre dijo:

—Hablemos de eso en otro momento, ¿vale?

Y yo dije:

—Vale. Pero tengo que ir a Swindon.

Y ella dijo:

—Christopher, por favor.

Yo bebí un poco de mi batido.

Más tarde, a las 22.31, salí al balcón para ver estrellas, pero no había por culpa de todas las nubes y de lo que se llama *Contaminación Lumínica*, que es luz de farolas y faros de coches y reflectores y luces de edificios que se reflejan en minúsculas partículas en la atmósfera e impiden que se vea la luz de las estrellas. Así que volví a entrar.

Pero no pude dormir. Y me levanté de la cama a las 2.07 de la madrugada y tuve miedo del señor Shears, así que bajé al piso de abajo y salí por la puerta principal a Chapter Road. No había nadie en la calle y estaba más tranquila que durante el día, incluso aunque se oía tráfico en la distancia y sirenas, así que hizo que me calmara. Caminé por Chapter Road y miré todos los coches y las formas que los cables de teléfono dibujaban contra las nubes naranjas y cosas que la gente tenía en sus jardines, como un enanito y un cocinero y un minúsculo estanque y un osito de peluche.

Entonces oí a dos personas que llegaban por la calle, así que me agaché entre el final de un contenedor y una furgoneta Ford Transit, y estaban hablando en una lengua que no era inglés, pero no me vieron. Y había dos minúsculos engranajes de latón en el agua sucia en la alcantarilla a mis pies, como engranajes de un reloj de cuerda.

Me gustaba estar entre el contenedor y la furgoneta Ford Transit, así que me quedé allí mucho rato. Y miré hacia la calle. Los únicos colores que se veían eran el naranja y el negro y mezclas de naranja y negro. Y no se sabía de qué colores serían los coches durante el día.

Y me pregunté si se podía engranar cruces, y decidí que sí se podía imaginándome este dibujo en mi cabeza

Y entonces oí la voz de Madre, que gritaba:

—¿Christopher…? ¿Christopher…? —Y corría por la calle, así que salí de entre el contenedor y la furgoneta Ford Transit y ella corrió hasta mí y dijo—: Jesús. —Y se quedó de pie delante de mí y me señaló con un dedo la cara y dijo—: Si haces eso otra vez, te lo juro por Dios, Christopher… te quiero, pero… no sé lo que haría.

Así que me hizo prometer que nunca me iría del piso yo solo porque era peligroso y porque no podías fiarte de la gente en Londres porque eran desconocidos. Y al día siguiente tuvo que ir a las tiendas otra vez, y me hizo prometer que no contestaría a la puerta si alguien llamaba al timbre. Y cuando volvió trajo bolitas de comida para *Toby* y tres vídeos de *Star Trek* y los vi en la salita de estar hasta que el señor Shears volvió a casa y entonces me fui otra vez a la habitación de invitados. Deseé que 451c Chapter Road, Londres NW2 5NG tuviese un jardín, pero no lo tenía.

Al día siguiente llamaron de la oficina en la que trabajaba Madre y dijeron que ya no podía volver porque habían conseguido que otra persona hiciese su trabajo, y Madre estaba muy enfadada y dijo que era ilegal y que iba a quejarse, pero el señor Shears dijo:

—No seas tonta. Era un trabajo temporal, por el amor de Dios.

Y cuando Madre entró en la habitación de invitados antes de que yo me fuese a dormir dije:

—Tengo que ir a Swindon para presentarme a mi examen de bachiller.

Y ella dijo:

—Christopher, ahora no. Estoy recibiendo llamadas telefónicas de tu padre amenazándome con llevarme a juicio. Me estoy llevando unas buenas broncas de Roger. No es un buen momento.

Y yo dije:

—Pero tengo que ir porque está todo organizado y el reverendo Peters va a ser el supervisor.

Y ella dijo:

—Mira. No es más que un examen. Puedo llamar al colegio. Podemos hacer que lo aplacen. Puedes presentarte en otro momento.

Y yo dije:

—No puedo presentarme en otro momento. Está organizado. Y he repasado muchísimo. Y la señora Gascoyne dijo que podíamos utilizar un aula en el colegio.

Y Madre dijo:

—Christopher, tengo todo esto controlado, pero está a punto de escapárseme de las manos, ¿sabes? Así que tan sólo dame un poco de...

Entonces paró de hablar y se tapó la boca con la mano y se levantó y salió de la habitación. Y yo empecé a sentir un dolor en mi pecho como me pasó en el metro, porque pensaba que no podría volver a Swindon y sacarme el bachillerato.

A la mañana siguiente miré por la ventana del comedor y conté los coches en la calle para ver si iba a ser un **Día Bastante Bueno** o un **Día Bueno** o un **Día Súper Bueno** o un **Día Negro,** pero no era como estar en el autocar del colegio, porque aquí podías mirar por la ventana tanto tiempo como quisieras y ver tantos coches como quisieras, y miré por la ventana durante tres horas y vi 5 coches rojos seguidos y 4 coches amarillos seguidos, lo que significaba que era a la vez un **Día Súper Bueno** y un **Día Negro,** o sea que el sistema ya no funcionaba. Pero si me concentraba en contar los coches, dejaba de pensar en mi examen y en el dolor en mi pecho.

Por la tarde, Madre me llevó a Hampstead Heath en un taxi, y nos sentamos en lo alto de una colina y miramos los aviones que llegaban al aeropuerto de Heathrow en la distancia. Me compré un polo rojo de una furgoneta de helados. Y Madre me dijo que había llamado a la señora Gascoyne y le había dicho que yo me sacaría el bachiller en Matemáticas el año que viene, así que tiré mi polo rojo y grité durante mucho rato y el dolor en mi pecho me hizo tanto daño que casi no podía respirar y se acercó un hombre y preguntó si yo estaba bien y Madre dijo:

—Bueno, ¿a usted qué le parece? —Y el hombre se marchó.

Estaba cansado de gritar y Madre me llevó de vuelta al piso en otro taxi y a la mañana siguiente era sábado, y le dijo al señor Shears que saliera y me trajera algunos libros sobre ciencias y matemáticas de la biblioteca, y se llamaban *100 Rompecabezas numéricos* y *Los orígenes del Universo* y *La energía nuclear*, pero eran para niños y no eran muy buenos, así que no los leí, y el señor Shears dijo:

—Bueno, es agradable saber que aprecias mi contribución.

Yo no había comido nada desde que tiré el polo rojo en Hampstead Heath, así que Madre me hizo un gráfico con estrellas como cuando yo era pequeño, y llenó una jarra medidora con un batido nutritivo y aroma de fresa y yo me gané una estrella de bronce por beberme 200 ml y una estrella de plata por beberme 400 ml y una estrella de oro por beberme 600 ml.

Y cuando Madre y el señor Shears se pelearon, yo cogí la pequeña radio de la cocina y me fui y me senté en la habitación de invitados y la sintonicé entre dos emisoras de forma que se oía sólo ruido blanco y subí el volumen y la sostuve contra mi oreja y el sonido me llenó la cabeza y me dolió de forma que no sentía otra clase de dolor, como el dolor en mi pecho, y no oía a Madre y al señor Shears pelearse y no pensaba en que no iba a hacer mi examen o en que no había jardín en 451c Chapter Road, Londres NW2 5NG, o en que no se veían las estrellas.

Y entonces era lunes. Era muy tarde por la noche y el señor Shears entró en mi habitación y me despertó y había estado bebiendo cerveza, porque olía como Padre cuando había estado bebiendo cerveza con Rhodri. Y dijo:

—Te crees un jodido listillo, ¿verdad? No piensas nunca, jamás, en los demás, ni por un segundo, ¿eh? Bueno, apuesto a que estarás verdaderamente satisfecho de ti mismo, ¿no?

Y entonces entró Madre y lo sacó de un empujón de la habitación y dijo:

—Christopher, lo siento. Lo siento muchísimo.

A la mañana siguiente, después de que el señor Shears se hubiese ido a trabajar, Madre metió un montón de ropa suya en dos maletas y me dijo que bajara y que trajera a *Toby* y me metiera en el coche. Metió las dos maletas en el maletero y nos fuimos. Pero era el coche del señor Shears y yo dije:

—¿Estás robando el coche?

Y ella dijo:

—Sólo lo he cogido prestado.

Y yo dije:

—¿Adónde vamos?

Y ella dijo:

—Nos vamos a casa.

Y yo dije:

—¿Quieres decir nuestra casa de Swindon?

Y ella dijo:

—Sí.

Y yo dije:

—¿Padre va a estar allí?

Y ella dijo:

—Por favor, Christopher, ahora mismo no me des la lata, ¿vale?

Y yo dije:

—Yo no quiero estar con Padre.

Y ella dijo:

—Sólo… Sólo… Todo va a salir bien, Christopher, ¿de acuerdo? Todo va a salir bien.

Y yo dije:

—¿Volvemos a Swindon para que yo pueda hacer mi examen de matemáticas?

Y Madre dijo:

—¿Cómo dices?

Y yo dije:

—Se supone que tenía que presentarme al examen de matemáticas mañana.

Y Madre habló muy despacio y dijo:

—Volvemos a Swindon porque si nos quedábamos más tiempo en Londres… alguien iba a resultar herido. Y no me refiero necesariamente a ti.

Y yo dije:

—¿Qué quieres decir?

Y ella dijo:

—Ahora necesito que te estés callado un rato.

Y yo dije:

—¿Cuánto rato quieres que esté callado?

Y Madre dijo:

—Jesús. —Y entonces dijo—: Media hora, Christopher. Necesito que estés callado media hora.

Y recorrimos todo el camino hasta Swindon y tardamos 3 horas y 12 minutos. Tuvimos que parar a poner gasolina y Madre me compró una Milky Bar, pero no me la comí. Nos quedamos atrapados en un gran atasco de tráfico. La causa del atasco era que la gente reducía la velocidad para mirar un accidente en la otra calzada. Traté de averiguar una fórmula para determinar si el origen de un atasco de tráfico es siempre una serie de conductores que reducen la velocidad, y cómo influía en ello a) la densidad de tráfico, y b) la velocidad del tráfico, y c) con qué rapidez frenaban los conductores cuando veían encenderse las luces de freno del coche de delante. Pero estaba demasiado cansado porque no había dormido la noche anterior, pensando en que no podría hacer el examen de bachiller en Matemáticas. Así que me quedé dormido.

Y cuando llegamos a Swindon Madre tenía llaves de la casa y entramos y ella dijo:

—¿Hola? —Pero allí no había nadie porque eran las 13.23. Yo tenía miedo pero Madre dijo que estaría a salvo, así que subí a mi habitación y cerré la puerta. Saqué a *Toby* de mi bolsillo y lo dejé correr por ahí y jugué al *Buscaminas* e hice la *Versión Experto* en 174 segundos, que superaba en 75 mi mejor tiempo.

Y entonces eran las 18.35 y oí que Padre llegaba a casa en su furgoneta, y moví la cama y la puse contra la puerta para que no pudiese entrar y él entró en la casa y él y Madre se gritaron. Y Padre gritó:

—¿Cómo coño has entrado?

Y Madre gritó:

—Ésta también es mi casa, por si lo has olvidado.

Y Padre gritó:

—¿Ha venido también tu jodido amiguito?

Y entonces cogí los bongos que me había comprado el tío Terry y me arrodillé en el rincón de la habitación y apreté la cabeza en el encuentro de las dos paredes y aporreé los bongos y gemí y seguí haciendo eso durante una hora, y entonces Madre entró en la habitación y dijo que Padre se había marchado. Que Padre se había ido a vivir con Rhodri durante un tiempo y que buscaríamos un sitio para nosotros en las siguientes semanas.

Entonces me fui al jardín y encontré la jaula de *Toby* detrás del cobertizo y la limpié y volví a meter a *Toby* dentro.

Le pregunté a Madre si podía presentarme a mi examen de matemáticas al día siguiente. Y ella dijo:

—Lo siento, Christopher.

Y yo dije:

—¿Puedo hacer mi examen de bachiller en Matemáticas?

Y ella dijo:

—No me estás escuchando, ¿verdad, Christopher?

Y yo dije:

—Te estoy escuchando.

Y Madre dijo:

—Ya te lo dije. Llamé a la directora. Le dije que estabas en Londres. Le dije que lo harías el año que viene.

Y yo dije:

—Pero ahora estoy aquí y puedo hacerlo.

Y Madre dijo:

—Lo siento, Christopher. Quería hacer las cosas correctamente. Intentaba no estropearlo todo.

Y el pecho empezó a dolerme otra vez, y crucé los brazos y me balanceé de atrás hacia delante y gemí. Y Madre dijo:

—No sabía que íbamos a volver.

Pero yo seguí gimiendo y balanceándome de atrás hacia delante.

Y madre dijo:

—Vamos. Con eso no vas a arreglar nada.

Entonces me preguntó si quería ver uno de mis vídeos de *El planeta azul*, sobre la vida bajo los hielos del Ártico o la migración de yubartas, pero no dije nada, porque sabía que no podría hacer mi examen de bachiller en Matemáticas y era como apretar la uña del pulgar contra un radiador cuando está muy caliente y el dolor empieza y hace que quieras llorar y el dolor sigue incluso cuando apartas el pulgar del radiador.

Entonces Madre me preparó unas zanahorias y brócoli y ketchup, pero no me lo comí.

Y esa noche tampoco dormí.

Al día siguiente Madre me llevó al colegio en el coche del señor Shears porque perdimos el autocar. Y cuando íbamos a subir al coche la señora Shears cruzó la calle y le dijo a Madre:

—Pero qué cara más dura tienes, joder.

Y Madre dijo:

—Métete en el coche, Christopher.

Pero yo no podía meterme en el coche porque la puerta estaba cerrada. Y la señora Shears dijo:

—¿Qué, así que al final te ha dejado a ti también?

Entonces Madre abrió su puerta, entró en el coche, abrió el seguro de mi puerta, y yo entré y nos fuimos.

Cuando llegamos al colegio, Siobhan dijo:

—Así que usted es la madre de Christopher.

Y Siobhan dijo que se alegraba de volver a verme y me preguntó si estaba bien y yo le dije que estaba cansado. Madre le explicó que estaba disgustado porque no podía hacer mi examen de bachiller en Matemáticas, así que no había comido bien ni dormido bien.

Y entonces Madre se fue y yo dibujé un autobús utilizando la perspectiva, para no tener que pensar en el dolor en mi pecho. Tenía este aspecto

Después de comer, Siobhan dijo que había hablado con la señora Gascoyne, y que ésta aún tenía mis exámenes en 3 sobres sellados en su escritorio.

Así que le pregunté si todavía podía examinarme de bachiller. Y Siobhan dijo:

—Creo que sí. Vamos a llamar al reverendo Peters esta tarde para asegurarnos de que todavía puede venir y ser tu supervisor. La señora Gascoyne escribirá una carta al tribunal examinador para decirles que al final vas a presentarte al examen. Y es de esperar que estén de acuerdo. Pero no podemos saberlo con certeza. —Dejó de hablar unos segundos—: Pensaba que debía decírtelo ahora. Así podrías pensarlo un poco.

Y yo dije:

—¿Así podría pensar un poco en qué?

Y ella dijo:

—¿Estás seguro de que eso es lo que quieres hacer, Christopher?

Y yo pensé en la pregunta y no estuve seguro de cuál era la respuesta, porque quería hacer el examen de matemáticas pero estaba muy cansado y cuando trataba de pensar en matemáticas mi cerebro no funcionaba correctamente, y cuando trataba de recordar ciertos datos, como la fórmula logarítmica para el número aproximado de números primos no mayores que (x), no conseguía acordarme, y eso me daba miedo.

Y Siobhan dijo:

—No tienes que hacerlo, Christopher. Si dices que no quieres hacerlo, nadie va a enfadarse contigo. Y no será una equivocación o algo ilegal o estúpido. Tan sólo será lo que tú quieres y eso estará bien.

Y yo dije:

—Quiero hacerlo. —Porque no me gusta cuando pongo cosas en mi horario y luego tengo que quitarlas, porque cuando hago eso me mareo.

Y Siobhan dijo:

—De acuerdo.

Y llamó por teléfono al reverendo Peters y él vino al colegio a las 15.27 y dijo:

—Bueno, jovencito, ¿listos para empezar?

Hice el **Examen 1** de mi bachiller en Matemáticas sentado en el aula de manualidades. Y el reverendo Peters fue el supervisor, y se sentó a un escritorio mientras yo hacía el examen, y leyó un libro titulado *El precio del discipulado* de Dietrich Bonhoeffer, y se comió un bocadillo. Y en medio del examen se fue a fumar un cigarrillo fuera, pero me miraba por la ventana por si yo hacía trampas.

Cuando abrí el examen y lo leí todo, no supe cómo responder a ninguna de las preguntas, y además no podía respirar correctamente. Quería pegarle a alguien o pincharle con mi navaja del Ejército Suizo, pero no había nadie a quien pegar o pinchar con mi navaja del Ejército Suizo, excepto el reverendo Peters y él era muy alto, y si le pegaba o le pinchaba con mi navaja del Ejército Suizo no sería mi supervisor durante el resto del examen. Así que hice respiraciones profundas tal como Siobhan me había dicho que tenía que hacer cuando quería pegar a alguien en el colegio y conté cincuenta respiraciones e hice cubos de los números cardinales mientras contaba, así

1, 8, 27, 64, 125, 216, 343, 512, 729, 1.000, 1.331, 1.728, 2.197, 2.744, 3.375, 4.096, 4.913 … etc.

Y eso me hizo sentir un poquito más tranquilo. Pero el examen duraba 2 horas y ya habían pasado veinte minutos, o sea que tenía que trabajar muy rápido y no tuve tiempo de comprobar mis respuestas correctamente.

Y esa noche, justo después de llegar a casa, Padre vino a la casa y yo grité, pero Madre dijo que no dejaría que me pasara nada malo y me fui al jardín y me tumbé y miré las estrellas en el cielo y me hice insignificante. Y cuando Padre salió de la casa me miró durante mucho rato y luego le dio un puñetazo a la valla y le hizo un agujero y se marchó.

Aquella noche dormí un poco porque estaba haciendo mi examen de bachiller en Matemáticas. Y tomé sopa de espinacas para cenar.

Y al día siguiente hice el **Examen 2** y el reverendo Peters leyó *El precio del discipulado* de Dietrich Bonhoeffer, pero esta vez no se fumó un cigarrillo, y Siobhan me hizo ir a los lavabos antes del examen y sentarme yo solo y hacer respiraciones y contar.

Estaba jugando a **The Eleventh Hour** en el ordenador aquella noche cuando un taxi se paró fuera de la casa. El señor Shears iba en el taxi y salió del taxi y tiró una gran caja de cartón llena de cosas que pertenecían a Madre en el jardín.

Eran un secador y algunas bragas y champú L'Oreal y un paquete de muesli y dos libros, *Diana, su verdadera historia*, de Andrew Morton y *Rivales*, de Jilly Cooper, y una fotografía mía en un marco de plata. El cristal de la fotografía se rompió cuando cayó en la hierba.

Entonces, sacó unas llaves del bolsillo, se metió en su coche y se marchó, y Madre salió corriendo de la casa a la calle y gritó «¡No te molestes en volver, cabrón!» y tiró el paquete de muesli y le dio en el maletero del coche cuando se alejaba, y la señora Shears estaba mirando por la ventana cuando Madre hizo eso.

Al día siguiente hice el **Examen 3,** y el reverendo Peters leyó el diario *Daily Mail* y se fumó tres cigarrillos.

Y ésta era mi pregunta favorita

Demuestra el siguiente resultado:
«Un triángulo cuyos lados pueden escribirse en la forma $n^2 + 1$, $n^2 - 1$ y $2n$ (donde $n > 1$) es rectángulo.»
Demuestra, mediante un ejemplo opuesto, que el caso inverso es falso.

Yo iba a escribir cómo respondí a la pregunta, pero Siobhan me dijo que no era muy interesante. Yo dije que sí lo era. Y ella dijo que la gente no iba a querer leer las respuestas a un problema de matemáticas en un libro, y dijo que podía poner la respuesta en un *Apéndice*, que es un capítulo extra al final de un libro y que la gente puede leerlo si quiere. Y eso es lo que he hecho.

Entonces el pecho ya no me dolía tanto y me era más fácil respirar. Pero aún me sentía mareado, porque no sabía si me había salido bien el examen y porque no sabía si el tribunal examinador permitiría que mi examen fuera considerado después de que la señora Gascoyne les hubiese dicho que yo no iba a presentarme.

Es mejor saber que una cosa buena va a pasar, como un eclipse, o que te regalen un microscopio por Navidad, que saber que una cosa mala va a pasar, como que te pongan un empaste o tener que ir a Francia. Pero creo que lo peor de todo es no saber si lo que va a pasar es una cosa buena o una cosa mala.

Padre pasó por casa aquella noche y yo estaba sentado en el sofá viendo *University Challenge* y acababa de responder a las preguntas de ciencias. Padre se quedó de pie en el umbral de la sala de estar y dijo:

—No grites, Christopher, ¿de acuerdo? No voy a hacerte daño.

Madre estaba de pie detrás de él así que no grité.

Entonces se acercó un poco más a mí y se agachó como haces con los perros para mostrarles que no eres un Agresor y dijo:

—Quería preguntarte cómo te ha ido el examen.

Pero yo no dije nada. Y Madre dijo:

—Díselo, Christopher.

Pero yo seguía sin decir nada. Y Madre dijo:

—Por favor, Christopher.

Así que dije:

—No sé si respondí bien a todas las preguntas, porque estaba muy cansado y no había comido nada, así que no podía pensar correctamente.

Y entonces Padre movió la cabeza para decir que sí y no dijo nada durante un ratito. Entonces dijo:

—Gracias.

Y yo dije:

—¿Por qué?

Y él dijo:

—Sólo… gracias. —Entonces dijo—: Estoy muy orgulloso de ti, Christopher. Muy orgulloso. Estoy seguro de que lo has hecho muy bien.

Y entonces se fue y vi el resto de *University Challenge*.

Y la semana siguiente Padre le dijo a Madre que tenía que irse de la casa, pero ella no podía porque no tenía dinero para pagar el alquiler de un piso. Yo pregunté si a Padre lo arrestarían y lo meterían en la cárcel por matar a *Wellington*, porque podríamos vivir en la casa si él estaba en la cárcel. Pero Madre dijo que la policía sólo arrestaría a Padre si la señora Shears hacía lo que se llama *presentar cargos*, que es decirle a la policía que quieres que arresten a alguien por un crimen, porque la policía no arresta a la gente por crímenes menores a menos que tú se lo pidas, y Madre dijo que matar a un perro sólo era un crimen menor.

Pero entonces todo fue bien porque Madre encontró un trabajo de cajera en un centro de jardinería, y el médico le dio píldoras para que se las tomara cada mañana para evitar sentirse triste, sólo que a veces la dejaban un poco aturdida y se caía si se levantaba demasiado rápido. Así que nos mudamos a una habitación en una casa grande que estaba hecha de ladrillos rojos. La cama estaba en la misma habitación que la cocina y no me gustaba porque era pequeña y el pasillo estaba pintado de marrón y había un aseo y un baño que otras personas utilizaban, y Madre tenía que limpiarlo antes de que yo lo usara, o de lo contrario no lo usaba, y a veces me mojaba los pantalones porque otra persona estaba en el baño. Y el pasillo olía a salsa de carne y a la lejía que usan para limpiar los lavabos en el colegio. Y dentro de la habitación olía a calcetines y a ambientador con olor a pino.

No me hacía gracia tener que esperar para saber algo de mi examen de matemáticas. Cuando pensaba en el futuro no conseguía ver nada claro en mi cabeza y eso hacía que me entrara el pánico. Así que Siobhan me dijo que no debía pensar en el futuro. Dijo:

—Piensa sólo en el día de hoy. Piensa en cosas que hayan pasado. En especial en las cosas buenas que hayan pasado.

Y una de las cosas buenas era que Madre me compró un rompecabezas de madera que era así

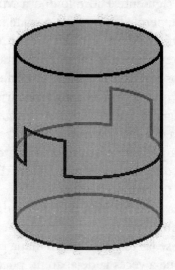

Tenías que separar la parte de arriba de la parte de abajo, y era muy difícil.

Otra cosa buena fue que ayudé a Madre a pintar su habitación de *Blanco con un toque pajizo*, sólo que me cayó pintura en el pelo y ella quiso quitármela frotándome champú en la cabeza cuando estaba en la bañera, pero yo no la dejé, así que tuve pintura en el pelo durante 5 días, hasta que me lo corté con unas tijeras.

Pero había más cosas malas que cosas buenas.

Una de ellas era que Madre no volvía del trabajo hasta las 17.30 o sea que tenía que irme a casa de Padre entre las 15.39 y las 17.30, porque no se me permitía estar solo y Madre dijo que no tenía elección, así que colocaba la cama contra la puerta por si Padre trataba de entrar. Y a veces trataba de hablarme a través de la puerta, pero yo no le contestaba. Y otras veces lo oía sentarse en el suelo al otro lado de la puerta, en silencio, durante mucho rato.

Otra cosa mala fue que *Toby* se murió, porque tenía 2 años y 7 meses, que es mucho para una rata, y yo dije que quería enterrarlo, pero Madre no tenía jardín, así que lo enterré en una gran maceta de plástico. Dije que quería otra rata, pero Madre dijo que no podía tener una, porque la habitación era demasiado pequeña.

Resolví el rompecabezas, porque deduje que había dos tornillos dentro y túneles con varillas de metal, así

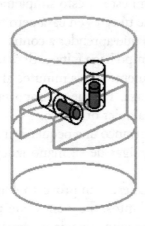

Tenías que sujetar el rompecabezas de forma que ambos tornillos se deslizaran hasta el final de sus túneles y no se cruzaran en la intersección. Entonces se podían separar las dos piezas.

Madre me recogió de casa de Padre un día, después de trabajar, y Padre me dijo:

—Christopher, ¿puedo hablar contigo?

Y yo dije:

—No.

Y Madre dijo:

—No te preocupes. Yo estaré aquí.

Y yo dije:

—Yo no quiero hablar con Padre.

Y Padre dijo:

—Te propongo un trato. —Y sostenía el reloj automático de cocina que es un gran tomate rojo partido por la mitad y lo hizo girar y empezó a hacer tictac. Y dijo—:

Cinco minutos, ¿de acuerdo? Eso es todo. Entonces puedes irte.

Así que me senté en el sofá y él se sentó en la butaca y Madre estaba en el pasillo y Padre dijo:

—Christopher, mira… Las cosas no pueden seguir así. No sé a ti, pero a mí esto… esto simplemente me duele demasiado. Lo de que tú estés en casa pero te niegues a hablar conmigo… Tienes que aprender a confiar en mí… Y no me importa cuánto tiempo haga falta… Si es un minuto un día y dos minutos al siguiente y tres minutos al otro y hacen falta años, no me importa. Porque es importante. Esto es más importante que cualquier otra cosa.

Y entonces se arrancó una pequeña tira de piel del costado de la uña del pulgar de su mano izquierda. Y entonces dijo:

—Digamos que es… un proyecto. Un proyecto que tenemos que hacer juntos. Tú tienes que pasar más tiempo conmigo. Y yo… yo tengo que demostrarte que puedes confiar en mí. Y al principio será difícil porque… porque es un proyecto difícil. Pero cada vez será mejor. Te lo prometo.

Entonces se frotó los lados de la frente con las yemas de los dedos y dijo:

—No tienes que decir nada, ahora mismo no. Sólo tienes que pensar en ello. Y… esto… tengo un regalo. Para demostrarte que estoy hablando en serio. Y para decirte que lo siento. Y porque… bueno, ya verás qué quiero decir.

Entonces se levantó de la butaca y fue hasta la puerta de la cocina y la abrió y había una caja grande de cartón en el suelo y había una manta en ella y se agachó y metió las manos dentro de la caja y sacó un perrito de color arena.

Entonces volvió y me dio al perro. Y dijo:

—Tiene dos meses. Y es un golden retriever.

Y el perro se sentó en mi regazo y yo lo acaricié.

Y nadie dijo nada durante un rato. Entonces Padre dijo:

—Christopher. Nunca, jamás, te haré ningún daño.

Entonces nadie dijo nada.

Entonces Madre entró en la habitación y dijo:

—Me temo que no podrás llevártelo. Nuestra habitación alquilada es demasiado pequeña. Pero tu padre va a cuidar de él aquí. Y puedes venir y sacarlo a pasear siempre que quieras.

Y yo dije:

—¿Tiene nombre?

Y Padre dijo:

—No. Puedes ponérselo tú.

El perro me mordisqueó un dedo.

Y entonces se cumplieron los 5 minutos y la alarma del tomate sonó. Así que Madre y yo nos fuimos otra vez a su habitación.

La semana siguiente hubo una tormenta de rayos y un rayo cayó en el árbol grande del parque, cerca de casa de Padre, y lo echó abajo y vinieron hombres y cortaron las ramas con motosierras y se llevaron los troncos en un camión, y todo lo que quedó fue un gran tocón negro y puntiagudo, de madera carbonizada.

Y me dieron los resultados de mi examen de bachiller en Matemáticas, y saqué un sobresaliente, que es el mejor resultado, e hizo que me sintiera así

Y llamé al perro *Sandy*. Y Padre le compró un collar y una correa y me dejaron ir con él hasta la tienda y volver. Y jugaba con él con un hueso de goma.

Madre cogió la gripe y tuve que pasar tres días con Padre y quedarme en su casa. Pero estaba bien, porque *Sandy* dormía en mi cama, así que si alguien entraba en la habitación durante la noche ladraría. Padre hizo una parcela para verduras en el jardín y yo lo ayudé. Plantamos zanahorias y guisantes y espinacas, y voy a recogerlas y a comérmelas cuando estén listas.

Y fui a una librería con Madre y compré un libro llamado *Curso de especialización en Matemáticas* y Padre le dijo a la señora Gascoyne que iba a sacarme el curso de especialización en Matemáticas el año que viene y ella dijo «De acuerdo».

Y voy a sacar un sobresaliente. Y dentro de dos años voy a sacarme el título de bachiller en Física también con sobresaliente.

Y entonces, cuando haya hecho eso, voy a ir a la universidad en otra ciudad. Y no tiene que ser en Londres, porque a mí no me gusta Londres, y hay universidades en montones de sitios y no todas están en ciudades grandes. Puedo vivir en un piso con un jardín y un cuarto de baño adecuado. Y puedo llevarme a *Sandy* y mis libros y mi ordenador.

Y entonces me licenciaré con Matrícula de Honor y me convertiré en un científico.

Y sé que puedo hacer eso porque fui a Londres yo solo, y porque resolví el misterio de ¿Quién Mató a *Wellington*? y encontré a mi madre y fui valiente y escribí un libro y eso significa que puedo hacer cualquier cosa.

Apéndice

Pregunta

Demuestra el siguiente resultado:

«Un triángulo cuyos lados pueden escribirse en la forma $n^2 + 1$, $n^2 - 1$ y $2n$ (donde $n > 1$) es rectángulo.»

Demuestra, mediante un ejemplo opuesto, que el caso inverso es falso.

Respuesta

Primero tenemos que determinar cuál es el lado mayor de un triángulo cuyos lados pueden escribirse en la forma $n^2 + 1$, $n^2 - 1$ y $2n$ (donde $n > 1$)

$$n^2 + 1 - 2n = (n - 1)^2$$

y si $n > 1$ entonces $(n - 1)^2 > 0$

por tanto $n^2 + 1 - 2n > 0$

por tanto $n^2 + 1 > 2n$

asimismo $(n^2 + 1) - (n^2 - 1) = 2$

por tanto $n^2 + 1 > n^2 - 1$

Eso significa que $n^2 + 1$ es el lado mayor de un triángulo cuyos lados pueden escribirse en la forma $n^2 + 1$, $n^2 - 1$ y $2n$ (donde $n > 1$).

Esto puede mostrarse también mediante el siguiente gráfico (pero esto no prueba nada):

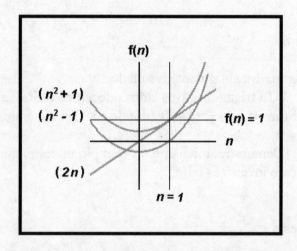

Según el teorema de Pitágoras, si la suma de los cuadrados de los catetos es igual al cuadrado de la hipotenusa, el triángulo es rectángulo. Por lo tanto, para probar que el triángulo es rectángulo, necesitamos demostrar que ése es el caso.

La suma de los cuadrados de los dos catetos $(n^2 - 1)^2 + (2n)^2$ $(n^2 - 1)^2 + (2n)^2 = n^4 - 2n^2 + 1 + 4n^2 = \underline{n^4 + 2n^2 + 1}$

El cuadrado de la hipotenusa es $(n^2 + 1)^2$

$(n^2 + 1)^2 = \underline{n^4 + 2\,n^2 + 1}$

Por tanto la suma de los cuadrados de los dos catetos es igual al cuadrado de la hipotenusa, y el triángulo es rectángulo.

Y lo inverso a «Un triángulo cuyos lados pueden escribirse en la forma $n^2 + 1$, $n^2 - 1$ y $2n$ (donde $n > 1$) es rectángulo» es «Un triángulo que es rectángulo tiene unos lados cuyas longitudes pueden escribirse en la forma $n^2 + 1$, $n^2 - 1$ y $2n$ (donde $n > 1$)».

Y un ejemplo opuesto significa encontrar un triángulo que sea rectángulo pero cuyos lados no puedan escribirse en la forma $n^2 + 1$, $n^2 - 1$ y $2n$ (donde $n > 1$).

Así, pongamos que la hipotenusa del triángulo rectángulo **ABC** sea **AB**

y pongamos que **AB = 65**

y pongamos que **BC = 60**

Entonces $CA = \sqrt{(AB2 - BC2)}$
$= \sqrt{(652 - 602)} = \sqrt{(4225 - 3600)} = \sqrt{625} = 25.$

Pongamos que $AB = n^2 + 1 = 65$

entonces $n = \sqrt{(65 - 1)} = \sqrt{64} = 8$

por tanto $(n^2 - 1) = 64 - 1 = 63 \neq BC = 60 \neq CA = 25$

y $2n = 16 \neq BC = 60 \neq CA = 25$

Por lo tanto el triángulo **ABC** es rectángulo pero sus lados no pueden escribirse en la forma $n^2 + 1$, $n^2 - 1$ y $2n$ (donde **n > 1**). QED

Agradecimientos

El logotipo del metro de Londres, el mapa de una de las líneas y el diseño de la tapicería de los asientos se reproducen con la amable autorización de Transport for London. El anuncio de Kuoni, con la amable autorización de Kuoni Advertising. La pregunta del examen de matemáticas de las pruebas de ingreso a la universidad se reproduce con la amable autorización de OCR. Se ha hecho todo lo posible por identificar a otros poseedores de *copyrights*. Los editores expresan su disposición a rectificar errores u omisiones, si los hubiere, en futuras reediciones.